博多豚骨拉麵團4

木崎ちあき
插畫/一色 箱

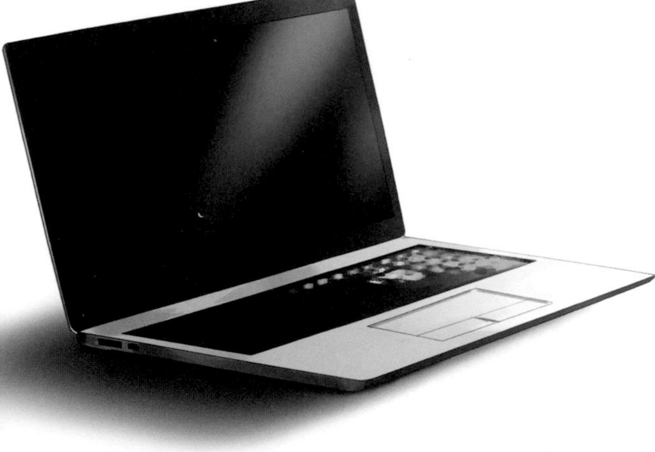

WANTED
code name:blackleg_nameko
懸賞500萬圓
捉拿這個男人

天才駭客情報販子
榎田
Enokida
「我的駭客本領被封印了。」

「你的朋友不會來救你啦。」
井良澤
當過拳擊手的殺人狂……
THE CRACKER

博多豚骨拉麵團

HAKATA TONKOTSU RAMENS

4

開球儀式

八木以自己的工作為榮。身為佣人——從張羅三餐到護衛宅邸——處理各種雜務，偶爾以殺手身分剷除損害家族名聲的礙事者。不分晝夜，奉獻身心，守護一家之主的地位與名譽，便是八木的職責。他長年在松田家服務，一直明裡暗地支持著主人。

政治家是種極為繁忙的行業，被視為下屆閣員不二人選的眾議院議員松田和夫，更是廢寢忘食地工作。八木側眼瞥見和夫一臉疲憊地走進房間，便立刻沖泡提神用的咖啡。

祖父當過首相，父親當過大臣，生為政治世家的長男，和夫今年已經五十五歲。八木剛到這個家當佣人時，和夫只是個十歲的小男孩；光陰似箭，歲月如梭，轉眼間便過了幾十年，和夫的臉上多出許多皺紋，八木的頭髮也完全變白了。

位於都內某高級住宅區一角的三層樓老舊洋房——一樓的南側，即是和夫的書齋。八木端著放了杯子的托盤，輕輕地敲了敲門。

「老爺，我送咖啡過來了。」

『哦。』應答聲果然充滿倦意。『謝謝，八木。』

八木打開門走進房裡。和夫坐在黑色皮椅上正準備工作，他打開桌上的筆記型電腦，開始打字。

但和夫的臉色倏地大變。

「——啊？」他瞪大雙眼，整張臉僵住了。

發生什麼事？見和夫如此驚訝，八木歪頭納悶地問：「怎麼了嗎？」

「你看。」

八木依言窺看畫面。

電腦完全當機了，按任何按鍵都沒有反應。

不只如此，畫面忽然變暗，中央浮現白色文字。

松田和夫先生：

突然顯示的是主人的名字。

是中毒了嗎？不聽控制的四角物體顯得陰森恐怖，和夫與八木都啞然無語。

此時，畫面有了動靜，名字之後出現下文。

松田和夫先生：
我知道您在暗地裡幹什麼勾當。
不想曝光的話，
請立刻匯一千萬圓過來。

「這是什麼……」

八木默默地轉頭看著一旁喃喃自語的和夫。

暗地裡的勾當——聯想得到的事多不勝數。和夫為了在政界存活下來，使盡各種手段剷除不利於己的人事物。

在這個家服務了幾十年，從前也出現過不少抓住和夫把柄勒索錢財的人，這篇威脅文的主人想必也是這類人。

不過，八木總覺得不太對勁。這和以往的威脅不同，這是頭一次有人如此大費周章地使用電腦病毒進行威脅。

饒是見過大風大浪的八木，這回也感到莫名不安。他有種風雨欲來的預感，必須趁早設法解決才行。

自己就是為了因應這種事態而存在的。

「——老爺。」八木用堅定的語氣說道：「這件事請交給我處理。」

主人對於八木的辦事能力信任有加。「交給你了。」和夫點了點頭。

然而，八木雖然是個優秀的佣人兼殺手，對於電腦卻是一竅不通，只能找專家幫忙。

幸好他認識一個精通電腦的人，那個男人或許可以解決這件事。那個沒大沒小又不可愛的駭客——

唯一的問題是，必須先找出那個男人的下落才行。

一局上

福岡市中央區大名的路上今天依舊擠滿年輕人。在其中一角的一間小小的義大利餐廳裡，榎田正與熟人會面，共進午餐。

隔著圓桌與榎田對坐的是一個身穿西裝的樸素男子。他名叫狩村，是網路犯罪防治課的調查員，年紀還很輕，看起來一板一眼又一絲不苟，但不是一個無法溝通的人。榎田是這個城市的情報販子，同時是個高明的駭客，暗地裡與他往來的調查員不少。榎田和這些調查員定期見面，交換情報。他幫忙調查案件，換取調查員對他無傷大雅的惡作劇睜一隻眼、閉一隻眼。

「我看到新聞了，殺害政治家的預告之後，是炸掉國會的預告？」榎田嘴角帶笑，以調侃的口吻說道：「你們也真是辛苦啊。」

「哎，這是工作。」狩村回以苦笑。

最近，利用網路進行犯罪預告的新聞越來越多，昨天那起甚至出動了爆裂物處理小組，結果並未發現危險物品。

「要做就快點做，何必預告？在網路上留言的十之八九都是惡作劇吧？」

網路犯罪防治課必須把這些惡作劇當真，逐一揪出犯人，工作可謂十分辛苦。

「或許其中有認真的啊。雖然這次不是。」聽狩村的口氣，似乎知道犯人是誰。

「啊，已經查出是誰了嗎？右翼人士？」

「不，犯人只是個尼特族。是個正在找工作的青年，大概是生活不順遂，心情煩悶，一時糊塗才做出這種事。我剛剛已經跟本人詢問了詳細的案情。」

「真會給人找麻煩。」

榎田聳了聳肩，用叉子捲起義大利麵放入口中。這家店的料理挺美味的，在網路討論區和資訊交流站上的評價卻很差，可見網路風評不可盡信。

「說到找麻煩……」榎田改變話題。「關於『.mmm』……」

「.mmm」是自由參加型的網路恐怖組織，名字的由來是將 World Wide Web 的第一個字母顛倒過來，以「追求沒有網路的世界」為口號。他們隨機攻擊世界各地的網站，讓網站陷入無法瀏覽的狀態，是個麻煩的黑帽駭客集團，據說組織規模達數千人。最近，日本也有好幾個企業網站受害。

居住在日本的某個技術員似乎與「.mmm」有關聯，而榎田受狩村之託調查那個男人。

「這份工作費了我不少功夫。對手是專家，防護固若金湯。」

「你成功入侵了吧？」

「那當然。」

榎田把一個USB隨身碟放到桌上。

「這是？」

「對方手上的極機密資料，保管得非常嚴密，鐵定有鬼。應該可以幫上你們的忙。」榎田嘴角上揚。「看在這個的分上，上個禮拜我駭進信用卡公司伺服器的事，可以不追究吧？」

狩村瞇起眼睛。「我向來不追究啊。你根本連藏都不藏。」

榎田再次回到正題。「那份資料好像是某種名單，經過暗號化。這方面你們比較拿手吧？」

狩村點了點頭。「我們會試著解讀。」

「祝你好運。」

狩村一面將USB隨身碟收進懷中，一面回答：「謝謝你的協助。」

吃完午餐後，榎田和狩村在店門口道別。今天的工作結束了，榎田無事可做，決定返回充當住處的網咖。

他從天神步行前往中洲。當他走在國體道路上時，有人打電話來。

「喂～？」

來電的人是重松。

「——啊？」聽了重松的話，榎田不禁停下腳步。怎麼回事？榎田瞪大眼睛反問：

「齊藤被逮捕？」

「不是逮捕！是到案說明！」齊藤連忙否定。「別把我說成犯罪者！」

攤車「小源」正在準備開張。眼前是忙得分身乏術的店主源造，隔壁座位上則是面露賊笑的馬丁內斯。

齊藤也坐在位子上，對他們說明白天發生的事。

「警察跑來我的公寓，是網路犯罪防治課的人。」

「網路犯罪？」鄰座的大漢瞪大眼睛，詢問：「他們是用什麼罪名抓你？」

「觸犯恐嚇罪、威力業務妨礙罪和兒童色情法……」

齊藤險些因為預告殺害政治家、預告炸掉國會，以及持有大量少女、女童裸體圖檔等罪行而被逮捕。

「喂，你也太沒節操了吧。」高頭大馬的馬丁內斯笑得渾身顫抖。

「好像是我的電腦在網路留言板上留下了殺害政治家的預告和炸掉國會的預告。」

當然，齊藤根本沒做過這些事。莫說留言，他連那個留言板網頁都沒開啟過。

「所以我就被警方調查了，結果在我的電腦裡發現一堆小女孩的裸照——」

「……原來你有這種嗜好？」

「不是啦！」面對用看著髒東西的眼神瞪視自己的馬丁內斯，齊藤連忙高聲否認。

「好像是遠端監控病毒搞的鬼。」源造停下手邊的工作，插嘴說道。

「遠端監控病毒？」

「對，就是因為中毒，齊藤老弟的電腦才會擅自在網路上留言。」

這是榎田跟我說的——源造又補充說明。

「原因應該是那封信。」齊藤心裡有數。「我現在正在找工作，常會收到人力銀行網站寄來的信，其中有一封怪怪的……」

那是齊藤並未應徵的企業寄來的回信。齊藤雖然狐疑，卻又怕有所遺漏，便毫無防備地下載了附件。

「榎田先生說，大概是某個駭客在附件裡藏了病毒。」

「怎麼，不是榎田幹的？」

「不是。」源造回答：「他說：『我的惡作劇可愛多了好不好？』」

「好像有人竊取我的個資，把我的電腦變成殭屍，擅自操控……而且不光是電腦，連手機都中毒了。」

免費通訊軟體與社群網站的帳號都被盜用，使用於犯罪，教人膽顫心驚。

「那個犯人用我的帳號強迫國中女生寄裸照，當時警方正在向我問案，所以剛好證實我的帳號是被盜用的……」

齊藤因此逃過一劫。不過，犯人的目的究竟是什麼？齊藤皺起眉頭。在不知不覺間遭人支配的感覺襲向他，令他不禁毛骨悚然。

「換句話說，那個犯人害你差點背黑鍋？」

齊藤淚眼汪汪地回答馬丁內斯：「沒錯。」

「……這麼一提，傑佛瑞．迪佛的小說也有這種情節。」馬丁內斯撫摸下巴喃喃說道：「一個自稱『全知者』的男人濫用個資，陷害無辜的人入罪。」

「網路真可怕呀。」源造心有戚戚焉地說道。

「幸好那個調查員和榎田先生好像認識。」多虧榎田替自己說話，才能順利洗刷齊藤的冤屈。「有個駭客情報販子朋友真好。」

「話說回來……」源造突然開口說道：「對方為啥盯上齊藤老弟？」

「大概是出於怨恨，再不然就是單純的惡作劇吧？」馬丁內斯接著說道。

「不管是哪一種都很糟……我已經受夠了。」

「你也真夠倒楣。」說著，源造將剛煮好的拉麵放到齊藤眼前。「來，我請客。吃飽一點，提起精神來唄。」

源造的體貼讓齊藤深受感動。齊藤道了謝，開始吃麵。

「——好啦。」一旁的馬丁內斯緩緩地站起來。「我也該走了。」

「哎呀，是工作麼？很忙唄。」

「不是。」他攤開手，聳了聳肩。「最近又沒事可幹了，想去跟次郎討工作。」

同居人馬場善治今天同樣緊巴著電視不放，觀賞職棒賽事轉播。林憲明冷眼看著為了球員的一打一投而一喜一憂的他，出聲呼喚：

「喂，馬場。」

想當然耳，沒有回應，馬場完全沉迷於比賽之中。

「快去找老爺子吧，我餓了。」

原本說好今晚九點去源造的攤車吃晚餐，順便承接殺人工作，誰知馬場卻遲遲不起身。比賽進入延長賽，約定時間早已經過了。

「等等，現在正精彩。」

馬場用急切的聲音回答，視線依然對著電視。

延長賽第十二局，鷹隊進攻，落後兩分，一出局滿壘，正是大好機會。打擊區裡的是打擊率超過三成的第四棒打者，球數兩好一壞，沒有後路了。第四球，投手投出的是二縫線速球，打者大棒一揮，卻是軟弱無力的滾地球。

『啊！投手方向滾地球，這是雙殺路線！二壘出局！一壘也出局！雙殺！三人出局，比賽結束！』

近似哀號的實況主播聲從電視中傳來。

『反擊失敗……這下子鷹隊七連敗了。』

「呀呀呀呀！」

馬場的哀號聲隨即在事務所裡空虛地迴盪。

電視裡，守住領先的敵隊球員們在投手丘附近交換勝利的擊掌，踩著輕快的腳步、帶著活潑的表情回到休息區。接著，打出適時逆轉安打的最有價值球員，開始接受賽後訪問。

馬場垂頭喪氣地抱住腦袋。

『現在就來回顧今天這場比賽的精彩畫面。』

在主播說完這句話的同時，馬場關掉電視，把遙控器扔到一旁，默默地鑽進被窩，拉起棉被蓋住腦袋。

「……這個馬蠢。」林嘆一口氣，再度呼喚：「你在幹嘛啊？快點準備出門啦。」

任憑林如何催促，馬場依然一動也不動。

「你聽見了沒？」林加強語氣說道。

只見馬場用啜泣般的聲音回答：「嗚嗚，七連敗……沒救了，已經完蛋了……」

九月初，職棒例行賽即將進入尾聲，在這個緊要關頭，馬場支持的球隊卻陷入低潮期。

「今天……今天明明快贏了……」

明明大幅領先，卻遭逆轉而輸掉比賽。由於剛開賽就領先十分，球隊開始保留實力，派出中繼投手從容應戰，誰知卻適得其反。接二連三的安打與全壘打逐漸拉近雙方比數，教練連忙派出王牌救援投手，卻無法阻止敵隊打線的氣勢，於關鍵的九局上被追平，比賽進入延長賽。在無法改變惡劣局勢的狀況下迎接的十二局上，球隊發生失誤，終於被逆轉了。曾幾何時，領先十分的戰況竟變成落後兩分。

「真拿你沒辦法。」林聳了聳肩，扯掉馬場的棉被。「快走啦，今天我請客。」

像隻蓑衣蟲一樣縮成一團的男人，不情不願地爬了起來。

✦

「——全年級成果發表會？」

在中洲的酒吧「Babylon」裡，次郎一面擦拭杯子，一面重複美紗紀所說的話。

「對。」美紗紀坐在吧檯前，雙腳晃來晃去，道出今天學校裡發生的事。「每班都要推出節目，在全校學生面前表演。戲劇、歌唱或合奏之類的。」

美紗紀就讀的小學今年似乎開始舉辦新活動。

「聽起來很有趣耶。美紗，你們班要表演什麼？」

「戲劇，《竹筍王國與香菇王國》。」

「哎呀，我沒聽過這個故事。」

次郎還以為是《桃太郎》或《白雪公主》這類知名戲劇。

「是老師自己編的。」說著，美紗紀從書包裡拿出一本冊子。「這就是劇本。」

次郎接過劇本，大略瀏覽一遍。

內容似乎是竹筍王國的王子竹彥，和香菇王國的公主菇美的淒美愛情故事。兩人雖然相愛，兩國卻在交戰，王子與公主註定不能結為連理。小學生演這種故事，未免太早熟一點。

「那妳飾演什麼角色？」

「菇美。」

「哎呀，是女主角耶。」次郎開心地說道：「好棒喔。」

美紗紀冷淡地回答：「抽籤決定的。」她似乎不怎麼高興，是對活動沒興趣？又或只是害羞？

「就算是抽籤，還是很棒啊。妳是班上唯一的公主，要好好加油才行。」

「嗯。」美紗紀含蓄地點了點頭，抬眼凝視著次郎。這是她有事拜託時的習慣性動作。

「所以啊，每個人要準備自己的戲服。」

「戲服？香菇公主的？」

「嗯。」

原來如此，是這麼回事啊。次郎明白她想拜託什麼事了。

「好。」次郎挺起胸膛。「交給我吧。」

這是寶貝女兒的風光舞台，他得拿出從前身為美容師的本領，準備一套最棒的戲服給她。

「我會讓妳變身為最美的公主。」

次郎雖然說得自信滿滿，但其實有點煩惱。香菇王國的公主該打扮成什麼模樣？香菇嗎？他在心中喃喃自語，腦海中突然浮現那個蘑菇頭男人的臉龐。

「——齊藤被逮捕了？」

從源造口中得知這個出人意料的消息，林不禁驚訝地高聲反問。

「不是逮捕，是到案說明。」源造一面煮拉麵，一面如此訂正。

「不管是什麼名義，總之是被警察帶走了吧？」

「哎，是呀。」

說著，源造端上了兩人份的豚骨拉麵。林和馬場並肩而坐，合掌說道：「開動了。」

「然後呢？」林邊吃著稍硬的麵條，邊催促源造說下去。「齊藤幹了什麼好事？」

源造屈指數著。「觸犯恐嚇罪、威力業務妨礙罪和兒童色情法。」

「哇……」比想像中的還糟糕。「根本是無藥可救的混蛋嘛！」

「哎，齊藤老弟是無辜的，聽說是遠端監控病毒搞的鬼。」

根據源造所言，由於感染了電腦病毒，齊藤的電腦遭某人擅自操控，使用於犯罪。真是令人毛骨悚然啊。

「先別說這個了。」源造突然把視線轉向馬場。「怎麼啦？馬場，瞧你一副無精打采的樣子。」

馬場的表情像是迎接了世界末日一般，打從剛才就不斷唉聲嘆氣，麵也幾乎沒吃。

「球隊七連敗，所以他現在很沮喪。」林代替馬場回答。

「不過七連敗而已，南海時代還曾經十五連敗呢。」源造一笑置之。「球隊連敗的時候，更需要球迷替他們好好加油。這是球迷的義務呀。」

「……嗯，是呀。」馬場無力地點頭。他轉換心情，改變話題：「老爹，給我工作。」

「啊，我也要。」林也探出身子。

「是、是，工作是唄？今天剛好有兩件工作上門，要哪一件？」

「都可以。」

「那就抽籤決定唄。」

源造拿出筆和免洗筷，在筷子前端寫了些字。

「來，隨便抽唄。」他朝著林和馬場伸出握著兩人份免洗筷的拳頭。「委託人的聯絡方式就寫在筷子前端。」

林朝著右側的免洗筷伸出手。「那我抽這邊的。」

馬場抽出了剩下的免洗筷。「挑剩的東西有福氣呀。」

源造打趣道：「中大獎的會是誰？」

一局下

博多口站前廣場今天依然是人潮洶湧，隨處可見在銅像或紀念碑前拍照的觀光客、在樹蔭底下擦汗休息的上班族和帶著小孩的父母。

廣場裡到處是蒼翠茂盛的櫸樹，還有好幾張木製長椅，諸葛在其中一張坐下來，一面眺望行色匆匆的行人，一面等待男人出現。陽光刺得他忍不住皺起眉頭，仰望車站大樓的外牆。ＪＲ博多城的大時鐘正好指著中午十二點，約定時間到了。

片刻過後，一個男人在諸葛身旁的長椅坐下。等候的人終於來了。中等身材，黑髮，和諸葛一樣身穿西裝，是個隨處可見的不起眼男子。

男人面向前方開口說道：「──有工作。」

諸葛不知道男人的名字，只知道他是同一個組織的幹部。諸葛是「.mmm」的駐外諜報員，對男人唯命是從。

「目標是？」諸葛詢問。

「叫做 macro-hard 的駭客，就住在這座城市裡。」男人說道：「好像在四處打探支援我們的政治家。」

macro-hard——諸葛在腦中反芻。他從未聽過這個駭客的名字。

「我立刻叫濕婆調查。」

聞言，對方的臉色沉下來。

「你還打算繼續用那些瘋子？」傳來的聲音相當嚴厲。

諸葛僱了兩個自由殺手——濕婆和井良澤當幫手，但這個男人似乎不喜歡他們。

「你僱用的殺手，腦袋都有問題。」

這是男人的說法。

或許真是如此。他們和一般人不同，是病態的社會邊緣人，不過，只要運用得當，就派得上用場。

「濕婆的入侵技術是世界一流的。」

「但是人格有問題。」

「殺手講什麼人格？」諸葛吞下嘆息。「再說，總比與我們為敵要好。」

「那個落魄拳擊手也一樣。」男人繼續反駁。「不知道什麼時候會捅出婁子來。」

落魄拳擊手指的是井良澤。

「我看還是讓他們去看心理醫生比較好吧？」

聞言，諸葛有些煩躁。

「哪來的預算？」

只有菁英駭客集團組成的網軍和駭客培養機關才能享受優厚的待遇，在國外工作的諜報員向來備受冷落。正因為缺乏組織的奧援，網羅人才格外艱難。上頭不肯給錢，我只好僱用不必花錢的殺手啊——這番怨言險些脫口而出。

男人沒再說下去，只留下一句「別搞砸了」，便消失於人潮之中。

目送男人離去後，諸葛立刻聯絡兩名殺手。

諸葛原本也是「.mmm」的網軍之一。

他在世界各地發動網路恐怖攻擊，但逐漸跟不上時代的潮流與技術的進步，在五年前奉命轉調幕後。這等於是實際上的戰力外通告。

人外有人，天外有天，在任何領域都是如此。比自己優秀的人多如繁星，幾乎每年都會湧出一批天才駭客。諸葛選擇了不和他們較勁也能生存的道路——奔波世界各地，剷除異己的諜報員之路。

話說回來，諸葛並非親自動手。為了避免留下自己的痕跡，他都是在當地物色適當人選——隨時可以捨棄的人才，讓他們替自己工作，而在這個國家，就是濕婆和井良澤。待這裡的工作結束以後，便收拾他們，尋找下一批幫手即可。

諸葛從博多站搭乘地下鐵前往濕婆的店。濕婆經營的店位於西新商店街的一角，夾在洗衣店與文具店之間，店門口掛著「ＰＣ醫生工房」的招牌，牆上貼著幾乎快剝落的「修理電腦、資料救援、清除病毒」文字，是家麻雀雖小五臟俱全的老店。

諸葛窺探店內，有個老人在場，似乎是客人。

「只要換個新鍵盤就好，兩、三天後就可以過來拿。」

一個圍著印有店名的藍色圍裙的年輕人正在為老人服務。那是個彬彬有禮的瘦長男子，看起來很適合從事服務業。

「如果還有什麼問題，請別客氣，儘管問。」

老人道過謝以後，走出店門，諸葛與老人錯身而過，踏入店內。

「你好像很忙啊。」

「啊，諸葛先生，您好。」

濕婆對他露出笑容，點頭致意。

「井良澤先生也來了。」

「這樣啊。」

工作時，他們向來是在這家店聚會。

「我去關店，請在裡頭稍等。」

諸葛依言走進櫃台，前往裡間。那是個約五坪大小的房間，也是濕婆的工作室，長桌上放著五台電腦，牆上掛著十台螢幕。

一個身穿運動服的男人坐在房間角落的沙發上。他長得高頭大馬，留著一頭及肩的金髮。這個男人就是井良澤。

井良澤連瞧也沒瞧諸葛一眼，只是目不轉睛地凝視著智慧型手機，不時面露賊笑，看起來十分詭異。

「井良澤。」諸葛呼喚，「你在看什麼？」

井良澤這才轉向諸葛。他雙眼無神，臉頰凹陷，臉色也很差，活像隻毒蟲。但讓他成癮的不是毒品，而是殺人。

「之前的『比賽』。你看。」

井良澤把手機扔給諸葛。

諸葛單手接住手機，望著小畫面，畫面中正在播放影片。以鐵絲網圍住的特設擂台上有個矮小的男人，大概是遊民吧。攝影者是井良澤本人，他左手拿著攝影機，右手拿刀狂刺對方。畫面上大大地映出被害人大聲慘叫的表情，對方的身體噴出的鮮血濺到了攝影機的鏡頭上。

「夠了。」諸葛嘆一口氣，把手機扔回給井良澤。「我不想看。」

井良澤從前是拳擊手，然而，在比賽中打死對戰選手讓他的精神完全崩潰。他忘不了奪走人命那一瞬間的感覺，從檯面上消失，改打地下拳擊賽，靠著痛毆對手賺取小錢維生。這樣的生活持續了一陣子，但是井良澤依然無法滿足，便開始尋求殺人的快感。現在，他會綁架遊民，逼迫對方參加一面倒的比賽，甚至為此專程在自家車庫裡設置了擂台。

「是你叫我拍下影片的啊。」

「我沒叫你二十四小時反覆收看。」

這個男人有病，犯罪成癮是治不好的。井良澤若不定期殺人就無法滿足，每隔一段時間這個男人心中便會萌生殺人的欲望。

就算對象是遊民，像他這樣頻繁殺人，總有一天會被抓住尾巴，因此諸葛才命令他「把殺人影片拍下來，想殺人的時候就看影片分散注意力」。這個方法似乎有點效果，自從開始拍攝影片以後，井良澤的殺人間隔變長了。

正如那個組織幹部所言，井良澤確實是個瘋子，但並非一無是處。對他而言，殺人是嗜好，他願意免費承接殺人委託。

要請濕婆這種技術高超的駭客幫忙需要不少錢，但是預算又十分有限，因此對於諸葛而言，願意免費殺人毀屍的井良澤是極為方便的合作者。雖然他的性格有點問題，但還在可以睜一隻眼、閉一隻眼的範圍內，諸葛並無不滿。

井良澤凝視著諸葛的臉，嘴角上揚問道：「總算可以殺人了？」諸葛只有在委託兩名殺手工作時，才會親自前來這家店。

「你平時不就常常殺人了嗎？」

「遊民不是人。」井良澤嗤之以鼻。「是垃圾。」

「聽好了，井良澤。」諸葛厲聲說道：「這是工作，和你平時的遊戲大不相同。」

「我知道。」

是嗎？諸葛聳了聳肩，把視線移向濕婆的某台電腦。電源是開著的，諸葛窺探畫面，上頭顯示的是一個年輕男人的照片。

就在這時候，打烊完畢的濕婆走進房裡。「讓您久等了。」

諸葛指著畫面問道：「這個男人是誰？」

「誰曉得？」濕婆微微一笑，歪了歪頭。「只是個尼特族。」

他往椅子坐下，繼續說道：

「我在玩弄這個男人的人生，可是出了點小差錯。我得好好反省，不該過度執著於國中女生的裸體。」

國中女生的裸體？雖然不知道他在說什麼，但鐵定又是在幹什麼無聊的勾當取樂。

「開始上班沒多久就辭職，想找新工作卻一直碰壁，認為全都是社會的錯，因此絕望，留下了殺人預告——這是原本的劇本。」

這個叫做濕婆的男人，說不定比井良澤更加惡劣。像他這麼表裡不一的人應該不多吧。平時總是面露爽朗的微笑，外表看起來老實又溫和，性格卻是扭曲又惡劣不堪。沒有人能夠看穿他隱藏在面具之下的本性。在經營電腦維修店之餘，這個男人素來以毀掉別人的人生為樂。

「之前山中議員失勢，也是你幹的好事？」

諸葛想起前幾天某議員退選的報導。

「敵對候選人委託我的。」濕婆得意洋洋地說明。「我揭發他收賄和搞地下情。事實如何不重要，一旦傳出風聲，他的人生就完了。」

這個叫做濕婆的男人——代號「s_i_v_a」——是個駭客，也是殺手，但他的手法十分獨特，與一般殺手不同。他擅長讓人無法立足於社會，背地裡被稱為「破壞者」。他會捏造犯罪行為或醜聞，毀壞當事人的信譽，有時甚至把對方逼得自殺。

想要剷除敵對候選人的政客，想讓礙事的公司倒閉的企業高層，想把競爭對手扯下來的女星——這些當權者或名人之中也有濕婆的常客。

「不過，老是對付那些高官名流，很快就膩了。那些人本來就常在背地裡幹些見不得人的事，用不著我捏造。」

諸葛瞥了畫面中的男人一眼。「所以你就玩弄善良老百姓的人生？」

「沒錯。」濕婆笑容滿面地點了點頭。「把循規蹈矩的普通上班族變成性侵犯，把充滿正義感的警察變成毒蟲。任意操弄別人的人生是件很棒的事，不是嗎？之前我也把一個上班族逼到離職，很好玩。」

「你簡直把自己當成上帝啊。」

「很羨慕吧？」

諸葛在心中暗自咋舌。他有點怨恨這個把高超技術運用在「上帝遊戲」的男人。與其用在這種無聊事情上，不如把才能給他，讓他為國家、為大義出一份力。

「別玩了，我有一件工作想拜託你。」

聞言，濕婆的眼睛閃閃發光。

「這次要殺誰？」

「macro-hard。」

「巨硬？」濕婆噗嗤一笑。「這個名字也太惡搞了。」

「這個人似乎掌握了我們組織的情報，替我找出他的下落。」

「是、是。」

濕婆轉動細長的雙臂，開始敲打鍵盤。

二局上

「真是低俗的影片……」

用「低俗」二字形容似乎太過溫和了。馬丁內斯看了這段殘暴至極的影片後，露骨地皺起臉龐。

為了確認，他又重新播放一次。那是上傳到影片分享網站的影片，片中有個男人登場，想當然耳，沒有拍到他的臉。地點似乎是男人的家，場景是個狹窄的浴室，八成是某處的公寓。浴室裡有隻骯髒的小型犬，或許是野狗。男人把那隻狗裝進黑色袋子裡，並把袋口綁起來。

——下一瞬間，男人一腳踹開袋子。

狗發出嗚嗚聲。男人連踹了袋子數腳，每踹一次，狗便連聲狂吠，大聲哀號。

男人又拿出刀子，朝著袋子刺下。

一而再、再而三，男人瘋狂地連刺袋子。不尋常的淒厲叫聲響徹四周，狗在袋子裡拚命掙扎。鮮血從袋中溢出，不斷流向浴室的磁磚。

狗揮動四肢，似乎在袋子裡痛苦掙扎，牠的反應逐漸變得遲鈍，不久後，終於連叫聲也停止，不知是不是斷了氣，一動也不動。畫面上映出黑色袋子，被刀刺破的縫隙間露出染血的狗毛。影片就在這裡結束。

這是一段慘不忍睹的影片，連身為拷問師的馬丁內斯見到這般殘忍的情景也不禁作嘔。次郎忙著製作戲服，由閒暇無事的他代行復仇專家的工作，誰知接到的竟是如此沉重的委託。

委託人是位中年女性，自稱是動物保護團體的相關人士。

「很過分吧？」女人一臉悲痛地徵求馬丁內斯的贊同。「影片不只這一支，每支都是這種內容。」

影片還有三支，全是由同一個帳號上傳，內容也大同小異。

這麼說來，至少有四隻狗成了犧牲品。除此之外，八成還有其他狗受害。

「他到底殺了幾隻啊？真是的。」

「好可憐……這些孩子是無辜的。」

女人淚眼婆娑，拿出手帕擦拭眼角。

「實在太殘忍了。」馬丁內斯低聲咕噥。由於職業的關係，他做過比這支影片的犯人更加殘酷的事，不過現在就暫且忽略這個事實吧。「不可原諒。」

女人緊握手帕，堅定地說道：「我要教訓拍攝這段影片的犯人。」

找出拍攝虐殺影片的犯人，向對方報仇。換句話說，即是將犯人裝進袋子裡拳打腳踢，用刀狂捅。讓犯人嘗嘗同樣的痛苦滋味——這就是委託人的要求。

要這麼做，必須先設法找出上傳影片的人。

「——啊，喂？是我。」

和委託人道別後，馬丁內斯立刻打了通電話。

犯人應該很快就能找到吧。在網路方面，馬丁內斯可是有最強的幫手。

「榎田，我有事要拜託你調查，今天可以出來見個面嗎？」

「——噹噹！做好了！」

美紗紀剛放學回家，次郎便立刻攤開親手製作的戲服給她看：由他自行動刀修剪而成的蘑菇頭假髮，以及在兒童洋裝加上蕾絲重製而成的禮服。這是次郎的得意之作，不枉費他花了一整天的時間，全都是為了讓女兒變身為美麗的公主。

「怎麼樣？妳看，我還準備了假髮呢。公主就是要金髮才搭，對吧？」

美紗紀和得意忘形的次郎正好相反，不知何故，臉色顯得相當黯淡。次郎還以為她會很開心呢。

「怎、怎麼了？美紗……」

莫非她不中意？次郎感到不安，戰戰兢兢地詢問。只見美紗紀細聲告知：

「……《竹筍王國與香菇王國》不演了。」

「咦？」

——不演了？

意料之外的事態發展令次郎一臉錯愕。

「哎呀……為什麼？」

「聽說莉莉亞的媽媽很生氣地說：『為什麼不是我的女兒當公主！』」

「哎呀呀～」

這就是所謂的怪獸家長嗎？次郎並非無法理解這種認為自家孩子最優秀的心態，但這不是家長該強出頭的事吧。

「所以，老師為了避免家長抗議，決定讓班上所有女生都演女主角，當公主。」

美紗紀一臉厭煩地說明事情的來龍去脈。

「老師還重寫劇本。竹彥是個花花公子，和所有公主都有一腿，公主們為了竹彥爭風吃醋。」

「討厭，也太腥羶了吧？」次郎皺起眉頭。「什麼跟什麼啊？肥皂劇嗎？」

「可是，最後校長喊停，所以不演了。」

「我想也是。」

「要改成合唱。」

所以不需要戲服了——美紗紀垂下眼睛。

「這樣啊，真遺憾。」

「……對不起，你特地幫我做了戲服。」美紗紀低下頭喃喃說道。「對不起，次郎。」

糟了——次郎皺起眉頭。聽說美紗紀演女主角，次郎開心過頭，結果反而讓美紗紀顧慮起他的感受。

由於成長環境的影響，美紗紀有些不像小孩的地方。她總是和大人客氣，窺探大人的臉色。她大可以多向次郎撒嬌的。

「沒關係，別放在心上。」

「可是，你特地幫我做……」

「美紗紀，妳聽我說。」次郎輕輕把手放在美紗紀瘦小的肩膀上，望著她的臉龐，凝視她的雙眼，慢慢地開導她。「做父母的都是這樣，為孩子付出本身就是一件很快樂的事。」

說歸說，做孩子的大概不會懂吧。

「看不到妳演的女主角雖然很遺憾……」次郎眨了眨眼。「不過，我會去看發表會，要好好唱喔。」

「……嗯。」

美紗紀終於打起精神了。她露出靦腆的笑容，次郎也露齒而笑。

那一天，林是在晚上九點離開馬場偵探事務所。他搭上博多往天神的巴士，接著又步行前往目的地——佐伯美容整形診所。

診療時間早已經過了，診所內只剩下院長一個人。

「這邊請。」

佐伯延請林入內，帶他前往診察室。

在佐伯的催促下，林走進診察室，在椅子坐下來。和白衣男子相對而坐，給林一種正在接受診察的感覺，不過他對自己的容貌沒有任何不滿。今天是為了工作前來，是昨天源造仲介的委託。

「沒想到委託人是醫生。」

聞言，佐伯輕輕地笑了。

「其實也不是什麼大不了的委託，只是想請你幫我調查一件事。」

說著，佐伯拿出檔案夾遞給林。

林接過檔案夾打開，只見裡頭夾著幾張照片，是橫臥的屍體照。

佐伯說明原委。「有些古怪的屍體送到我這裡，光是這半年間就有五具。兇手應該是同一個人，因為手法相同。」

「哦？」

「我這裡是採介紹制，處理的屍體大多是認識的回收業者送來的……這個兇手似乎不是我的客戶認識的人。」佐伯困惑地說道：「也不知道是從哪裡聽來的風聲，他用匿名的方式透過託運業者擅自送屍體過來，還要業者代為傳話：『不處理就殺了你。』」

「真恐怖。」

在這個業界，非常規客人引發問題的可能性很高，確實該多加留意。

「換句話說，只要找出凶手，解決他就行了吧？」

「對。」佐伯點頭。「我有種不祥的預感……這些案子的屍體處置方式，給我一種異樣的感覺。」

佐伯的工作主要是處理屍體、仲介屍體買賣或代為轉賣。見過許多屍體的他所說的這番話，聽起來格外有說服力。

「被害人全都是遊民，已經好幾天沒洗澡，身上沒有任何私人物品，只有幾個銅板。我也驗過屍，死因是出血性休克死亡。」

林再度把視線轉向照片。確實，每具屍體都是渾身刀傷，看起來像是反手握刀，騎在被害人身上從正上方刺下的傷痕。

「根本是瘋狂亂捅啊。」

「所有人死前都被痛毆過，而且是集中在臉部與上半身。」

「是拷問嗎？」

「好像不是，身體沒有被捆綁的痕跡。」

林反問：「代表被害人是在手腳可以自由活動的狀態下被毆打的？」

「對。」

而凶手又趁著對手虛弱、無法動彈的時候拿出刀子狂捅？

部分照片拍的是屍體的臉部特寫。林看見屍體的嘴巴，不禁皺起眉頭。「缺了門牙。」

每張照片上的屍體嘴巴都張得大大的，卻沒有露出門牙。

「好像是死後被拔掉的，沒有專業技術，是用老虎鉗之類的東西硬生生拔掉的。」

「為什麼要這麼做……」

實在令人費解。若是為了防止死者身分被查出，也該拔掉所有牙齒才對。別的不說，都已經委託業者處理屍體，根本沒必要自行湮滅證據。再說，死者全是遊民，就算查出身分也沒什麼大不了的。

換句話說，凶手另有目的。

「確實很古怪。」林也跟著沉吟。

被害人有沒有共通點呢？或許可以從共通點查出凶手。

「首先，必須查明這些人的身分。」

縱然是遊民，也不是打從出生以來就一直過著流浪生活，或許其中有人曾在某處留下紀錄，比如曾經取得某種執照，或是有前科之類的。拜託那個蘑菇頭以屍體的臉龐比對證件照吧——林暗自盤算，卻又察覺這麼做只是白費功夫。

「被打成這副德行，大概無法比對了吧。」

每具屍體都鼻青臉腫，根本無法判別誰是誰。

看來這會是一件麻煩的工作。

「……我好像抽到下下籤呢。」

林想起昨天的抽籤，暗自後悔自己沒抽另一根筷子，聳了聳肩說道。

馬場接下的工作是源造的熟人委託的，對方是一個經營義大利餐廳的男人。他本來是黑道小弟，幾年前金盆洗手，開始從事正當行業。

那是一間靜靜佇立於大名一角的漂亮餐廳。馬場在餐廳打烊後上門拜訪，身為店長的男人帶著疲憊的笑容出來迎接。他請馬場入座後，帶入正題。

「請看看這個。」

店長在桌上攤開一張紙，上頭印的是某個網頁。

據他所言，大約半年前開始，餐廳似乎被惡劣的客人盯上，在網路上留下上百件毀壞商譽的言論，資訊交流網站上的評論欄也充斥著：「每種餐點都很難吃，簡直是豬飼料」、「有蟑螂，不衛生，還有垃圾場的臭味」、「店員的態度惡劣到極點，爛」等謾罵言辭。若說是單純的批評，數量未免多得太過異常，甚至可以從中感受到一股怨念。

「對方和這間店有仇？」

馬場詢問，店長歪頭納悶。「這我就不清楚了，也不知道對方為什麼要幹這種事……不過，我知道犯人是誰，是一個叫做青柳雄介的男性上班族。」

得知犯人的身分已經曝光，馬場露出些微的驚訝之色。見狀，店長說明了緣由。

「犯人的公司上司來我們店裡賠罪過：『我們的員工造成您的困擾，真的很抱歉，希望您別把事情鬧大。』好像是公司發現他也有用公司的電腦留言。」

「原來如此，是這麼一回事呀。」

「那位上司說已經嚴正警告過青柳……可是，他現在仍繼續留言。」店長皺起眉頭。原本一臉和善的他，眼神倏地變得銳利起來，讓人聯想到他的老本行。「我再也不能原諒他了。」

這是不折不扣的妨礙營業行為。自從出現那些留言後，客人的數量明顯減少，再這樣下去，餐廳有倒閉之虞。

對委託人而言，餐廳就如同親兒子一般重要。或許是為了保護餐廳不擇手段的覺悟與自己的店被侮辱的憤懣戰勝了良心，店長用堅定的口吻說：「請殺掉青柳——殺掉留言的犯人。」

即使支持的球隊陷入低潮，也不能因此怠慢工作。馬場穿上黑西裝、牢牢繫好領帶後，便坐上愛車。

馬場立刻前往那個上班族——他已經辭去工作——青柳的家。青柳住在姪濱某棟公寓的一樓。馬場繞到後方，打算先從陽台窺探屋裡的狀況。

陽台的窗子開著，馬場隔著仁和加面具窺探屋內，不禁啞然失聲。

「呀……」

映入眼簾的是懸在天花板底下的男人身體。他用繩子上吊了，屍體在風的吹動之下緩緩地左右搖擺。

馬場跨越陽台的欄杆，從窗戶入侵屋裡，透過私人物品確認屍體的身分。他比對皮夾裡的駕照照片與屍體的臉，確認是青柳本人無誤。

「……這真是意料之外的事態發展。」

馬場忍不住喃喃自語。

要殺的人竟然已經死了，而且是自殺身亡。

馬場環顧屋內，並沒有打鬥的痕跡，現場乾乾淨淨，簡直乾淨過了頭。

他繼續轉動視線，在桌上發現一張紙。

是遺書，上頭寫著：「不是我做的，我被陷害了。」之後是一連串主張自身清白的文字。

不是我做的——是指誹謗義大利餐廳的事嗎？

如果這番話屬實，代表留言的真凶另有其人。青柳成了某人的代罪羔羊嗎？

馬場感覺像是踏入伸手不見五指的黑暗中。看來這是件棘手的案子。

「挑剩的東西沒福氣呀。」

馬場喃喃自語著回到車上。

馬丁內斯在蓋茲大樓的咖啡廳與榎田碰面。他們相對而坐，待馬丁內斯說明來意後，榎田便立刻打起電腦。

片刻過後——

「我知道犯人是誰了。」

榎田把螢幕轉向馬丁內斯，上頭顯示某個男人的資訊。多虧優秀的駭客，上傳虐殺影片的人立刻被揪出來。他叫谷山，似乎是住在福岡市的打工族。無論是男人的姓名、生日或住址，在榎田的技術之前全都無所遁形。

「就是這傢伙啊……」

馬丁內斯凝視著大頭照，喃喃說道。

那是個皮膚白皙、看起來很懦弱的男人，不像是會做出殺狗這等殘虐行為的人。不過轉念一想，看起來越是溫順的人，越不知道會幹出什麼事。

「話說回來，竟然會有人幹這種無聊的事。」馬丁內斯想起影片內容，如此啐道。

「最近這類案子很多，把犯罪過程拍下來，上傳到網路上。」榎田也點了點頭。

「有的網站可以靠影片點閱數賺取廣告收入，這樣不必工作就有錢可賺了。」

「真是一群蠢蛋，也不知道是想錢想瘋了還是想紅。」

上個月上傳扒竊影片以及上週上傳無照駕駛影片的男人都被逮捕了。蠢蛋真是前仆後繼啊。

榎田嘴角上揚。「哎，你就好好教訓他吧。」

「老是麻煩你，真不好意思。榎田，謝了。」馬丁內斯用巨大的手掌拍了拍他的肩膀。「這次要付多少？」

「不用了。」榎田搖手回應。「下次請我吃頓飯就好。」

「知道了。」

說到這兒，馬丁內斯才想起他還有另一件事要找這個男人。

「對了，這個給你。」馬丁內斯遞給榎田一個紙袋。「是要送你的禮物，次郎託我轉交的。」

昨天去找次郎索取復仇專家的工作時，次郎託他把東西交給榎田。

「咦？次郎大哥給我的？是什麼東西？」

榎田窺探袋子，拿出裡頭的物品——是假髮，白金色的蘑菇頭假髮，和榎田的髮型一模一樣。

「有備用品比較方便吧？」

「……我的頭髮不是假髮。」

榎田嘟起嘴巴。

「話說回來，次郎大哥怎麼會有這種玩意兒？」

「本來是要用來表演的，美紗紀班上的戲劇表演。」

「戲劇？」

「香菇公主和竹筍王子的淒美愛情故事。」

「這是什麼詭異的戲劇？」

結果戲劇停演，假髮無用武之地，丟掉又很可惜，所以才決定送給榎田。次郎的說法是：「早上起床頭髮亂翹，直接戴上這個，不就省事多了嗎？」

「這不叫禮物，只是把不要的東西硬塞給我而已吧？」

一點也沒錯。馬丁內斯無法否定，只能打哈哈。

榎田目不轉睛地盯著假髮——

「……戲劇啊？」

他突然感慨良多地說道。

「真羨慕，我也想嘗試看看。」他倚著椅背，縮起肩膀。「好想過普通的學校生活。」

「誰教你家一點也不普通。」

榎田與家人失和之事，馬丁內斯之前便聽本人說過。話說回來，其實不是榎田自願對他傾訴，而是馬丁內斯硬從榎田口中問出來的。

情報販子和逼人吐露情報的拷問師——從事這種危險行業，有時會在因緣際會之下發生衝突。馬丁內斯和榎田初次見面，是在距今七年前。當時，榎田被某個組織捉住，馬丁內斯受僱於該組織，奉命拷問榎田，逼他吐露敵人的情報。

馬丁內斯不忍心折磨只有十幾歲的孩子，便使用強力自白劑逼迫榎田吐露情報，誰知竟然沒有成功。從榎田口中吐出的並非敵人的情報，而是對自己父母與家庭的不滿。到頭來，問出的只有「從小接受父母嚴格的繼承人教育」以及「根本沒時間和同學玩，家庭教師每天緊迫盯人，直到深夜。唯一的喘息空間是每週一次的鋼琴課」等毫無用處的怨言。

雖然當時處於接近昏睡的狀態，榎田卻鎖住腦中的重大情報。這是抵抗藥物的手段，他靠著大談自己的祕密來保護客戶的情報。馬丁內斯心想，真是驚人的意志力。雖然手腳被綁、失去自由，臉上卻帶有從容之色，馬丁內斯不由得佩服起這個非比尋常的小鬼。

「你從以前就很有種。換作一般人，死到臨頭，早就哭得一把鼻涕、一把眼淚，尤其你當時還是個未成年的小鬼。」

「因為那不是我頭一次面臨死亡。」

「真是波濤洶湧的人生啊。虧你還這麼年輕。」

——好懷念。在那之後已經過了七年，榎田對家裡似乎仍懷有恨意。

「你沒和家裡聯絡嗎？」

「怎麼可能聯絡？」榎田嗤之以鼻。「我已經被斷絕關係了。」

「原因是什麼？」馬丁內斯詢問。但從先前那番話，大致可以猜測到原因。

榎田緩緩地開口說道：「國中的時候，我說『我想當程式設計師』，結果被那個男人揍了一頓。」

那個男人——指的應該是父親吧？

「他說：『你知道我在你身上花了多少錢嗎？蠢兒子！』所以我就以牙還牙，把自己製作的病毒植入那個男人的電腦裡。」

「真可愛的惡作劇，充滿小孩的風格。」

馬丁內斯是在諷刺，榎田卻說：「對吧？」露齒而笑。

「那是我製作的第一個病毒，可以在對方的電腦畫面上顯示我指定的文字。」

「你常在情人節用的那個？」

「對、對。」

每年情人節，榎田都會進行例行的惡作劇。他鎖定沒女人緣的男人，入侵對方的電腦，在畫面上顯示「今年也沒收到巧克力吧？」等嘲諷話語。雖然他本人只是開個小玩笑，但是被開這種玩笑的人可受不了。不但可怕，而且令人滿肚子火。

「他罵我是蠢兒子，我很不爽，所以回敬他『你才蠢』，結果又被他罵到臭頭。」

不直接說出來，而是透過電腦畫面傳達，確實符合這個男人的作風。

「我應該就是從那個時候迷上入侵他人的電腦吧。」

「後來就欲罷不能？」

「搞不好是種毛病。」榎田露齒而笑。「我有一次偷聽到那個男人這樣說我：『那小子有病，沒藥可醫了。』」

二局下

目標出奇容易地找到了。在濕婆的追蹤技術之前，任何技術員都無所遁形。自稱macro-hard 的駭客似乎住在藥院，是一個名叫黑岩的男人。

好，工作時間到了。諸葛等人換上同樣款式的制服，是搬家業者常穿的那種藍色連身工作服。他們坐上事前準備好的卡車，前往 macro-hard 的住處。

假扮搬家業者的三人從公寓正面光明正大地入侵，來到目標的家門前便停住腳步，按下門鈴。該不會是裝作不在家吧？他們又按了一次，依然毫無反應。

直到第三次按鈴，門才終於打開。

「……什麼事？」

男人從門縫間露出臉，表情顯得極不愉快。他正是 macro-hard ——黑岩無誤。門鏈依舊掛著。

「我們是橡木搬家中心的人。」

面對一臉狐疑地瞪著自己的男人，諸葛彬彬有禮地回答。

「今天要替隔壁搬家，先來打聲招呼，或許會產生噪音，打擾到您。」諸葛遞出點心禮盒說：「這是一點小心意，請見諒。」

「啊……謝謝。」冷淡的聲音傳來，但是警戒心似乎放鬆了。

黑岩暫且關上門，緊接著響起拿下門鏈的聲音。井良澤算準門再度開啟的時機，將手臂伸進門縫裡，用天生的蠻力硬生生地將門打開，諸葛等人也隨後闖進屋內。

「啊！」男人瞪大眼睛，往後退了幾步。「你們想幹嘛——」

井良澤抓住試圖逃走的獵物後襟，迅速拿布摀住黑岩的嘴巴，以藥物迷昏他。黑岩軟倒在地板上，井良澤用事先準備好的袋子迎頭套住男人。那是足以容納一個人的大袋子。等到袋子從頭到腳完全覆蓋住黑岩以後，井良澤便綁住袋口、扛起袋子。

「我不想久留，動作快。」

上頭的命令是把 macro-hard 握有的情報全數消除。他們翻箱倒櫃，找遍每個角落，尋找電子終端設備。這個男人擁有兩台桌上型電腦和一台筆記型電腦，必須全數帶回燒毀。

他們往返了幾次，把三台電腦和 macro-hard 搬出屋子，放上卡車。這幅光景看上去就像是搬家業者在搬運行李，因此擦身而過的住戶絲毫沒有起疑，甚至有老人家笑著對他們點頭致意：「辛苦了。」真是個毫無警戒心的悠哉國家。

結束工作後，他們坐上車，首先前往的是井良澤位於吉塚的家。

井良澤家是一棟平房，抵達以後，井良澤便把昏迷的 macro-hard 扛上肩膀，走進車庫。車庫裡有特設擂台。比賽大概會一直持續下去，直到井良澤心滿意足為止吧。

「特地活捉對方，凌虐之後再殺掉啊。」見到井良澤的做法，濕婆笑說：「井良澤先生還是一樣惡劣。」

「你也不遑多讓。」在諸葛看來，他們是半斤八兩。

「不不，我才沒井良澤先生那麼病態呢。」

「是嗎？」

諸葛聳了聳肩，發動車子前進。載著電腦的卡車這回是朝濕婆的店而去。

三局上

受託暗殺的目標已死，身為殺手已經無事可做，照理說，馬場該立刻向委託人和仲介報告，承接下一份工作，但馬場總覺得事有蹊蹺。「不是我做的」、「我什麼也不知道」——遺書上如此力陳，自殺者的悲痛字跡在馬場腦海中揮之不去。如果他的主張屬實，代表留言誹謗餐廳的真凶另有其人，馬場該殺的對象也另有其人。

為了打破這種令人難以釋懷的局面，馬場決定向刑警打聽消息。他約重松在春吉橋附近的居酒屋見面，兩人用生啤酒乾杯，隨意點了些料理，待料理大致都送上桌以後，重松便切入正題。

「關於你說的案子，青柳雄介確實是自殺的沒錯。」

「……真的？」

「對，沒有偽裝成自殺的跡象，遺書的筆跡也是本人的。」

莫非這件事另有內情？或許青柳並非自殺，而是被捲入某個事件——馬場原先懷有這樣的預感，但似乎是他猜錯了。

「誹謗留言呢？」

「我們向青柳前公司的同事詢問過後才知道，這件事在那間公司掀起很大的風波。公司的電腦留有上班時間內的留言紀錄，為了這件事，青柳被上司叫去訓了好幾次。」

「可是，本人卻說不是他做的？」

「對，他堅持自己是無辜的，根本沒有留過那些留言，一定有什麼地方搞錯了。」

最後，公司還沒開除青柳，青柳就先自行離職。

「這件事在公司裡傳開後，青柳的處境變得很尷尬。同事都在他的背後對他指指點點，說他是在上班時間使用公司電腦進行無聊洩憤行為的人。難怪他會想辭職。」重松繼續說道：「根據網路犯罪防治課的說法，青柳用家裡的電腦和公司的電腦留言，是不折不扣的事實。」

重松一口氣喝乾剩下的啤酒。「這件案子實在很詭異啊。」

馬場朝著啤酒杯伸出手，又倏地停住。網路留言，無辜受罪——最近好像在哪裡聽過相似的情節？

——對了，是齊藤。這麼一提，之前齊藤也遇過同樣的事。

「搞不好青柳真是無辜的。」

「……什麼？」

「青柳是被人陷害的。」馬場低聲說道：「有人用遠端監控病毒在搞鬼。」

和佐伯見面的隔天，林打了通電話給榎田。林透過佐伯取得從遊民遺體上採集的指紋，打算拜託榎田比對。如果被害人之中有人有前科，就能查出身分，或許能因此得到相關線索。

「——啊，喂？是蘑菇頭嗎？」

「我有事想拜託你調查，待會兒可以出來見個面嗎？」

『可以啊。』榎田一如平時地回答。『你現在在哪裡？』

「我們事務所裡。」

『我過去找你吧。我現在正好在博多站。』

「不好意思。」

電話就此掛斷。

數分鐘後，事務所的門打開來。從博多站到事務所，再怎麼快也要五分鐘以上，榎田未免來得太快了。林把視線轉向入口，發現是一臉疲憊的馬場。

「我回來了。」

馬場身穿西裝，似乎是去工作。不知道他跑去哪裡喝酒，衣服傳來微微的酒味。

「啊，你回來啦。」林詢問：「你接的委託怎麼樣？」

「是件奇怪的案子。」馬場鬆開領帶，聳了聳肩。「我去殺他的時候，他已經自殺了。」

「這樣很好啊，省去殺人的功夫。」

「他留了遺書，上頭寫著『不是我做的』。這件案子好像另有內情。」馬場換上家居服以後，詢問林：「你呢？」

「我的是遊民連續暴力殺人案。」林簡潔地說明：「被打得鼻青臉腫的屍體送到佐伯醫生那裡，門牙全都被拔掉了。」

「既然是送到醫生那裡，凶手是殺手麼？」

「有這個可能。」知悉處理屍體的地下管道，有可能是同行幹的。「比方說，有人想要打造沒有遊民的世界，所以委託殺手殺害遊民之類的。」

不過，有一點令人費解，就是門牙。

「……可是，為什麼要特地拔掉門牙？」

「大概是戰利品唄？」

聞言，林皺起眉頭。「……戰利品？」

「凶手想留下殺害對方的證明。屍體必須處理掉，但是又想留點東西在手邊，所以凶手拔下死者的牙齒。」

戰利品啊？林兀自沉吟。偷拿殺害對象的私人物品，或是剪下對方的頭髮帶回家的殺人魔故事他也聽過，莫非是這種人？

「如果真是戰利品，那凶手八成是個很危險的傢伙。」

殺手本身就是危險的存在，不過，想把屍體丟掉的殺手，和想把屍體留在身邊的殺手，兩者給人的印象可是截然不同。前者是理性且具備職業風範，後者卻有種耽樂的變態感。

這時候，一道含蓄的敲門聲響起，似乎有人來了。

「請進。」馬場對著門外呼喚。

林原本以為這次是榎田，然而並非如此。

「——打擾了。」

門打開來，一個身穿黑西裝的男人現身。他長得高高瘦瘦，年紀大約六十歲左右，留著鬍子，態度彬彬有禮，舉手投足都帶有一股優雅的氣息。

「請問是要委託工作嗎？」

「是的。」

滿頭白髮的老紳士對著馬場和林深深低下頭。

「請坐。」馬場請他在會客用的椅子坐下，並對林說：「小林，麻煩你泡茶。」

林一面側眼打量上門的男人，一面站了起來。「是、是。」

抱著好玩的心態殺害動物，還拍攝影片炫耀，這樣的無恥之徒絕不能放任不管。給予同樣痛苦是復仇專家的信條，不過這次稍微用誇張點的手法教訓對方應該也無妨吧。

復仇專家的幫手馬丁內斯，意氣風發地前往犯人居住的公寓。

犯人谷山真二就在家裡。馬丁內斯按下電鈴，谷山並未裝作不在家，老老實實地應門。

門一開，馬丁內斯立刻闖入屋內，並從內側鎖上門。

「你、你做什麼？」男人在眼前大呼小叫。「怎麼可以隨便跑進別人家裡！我要報警了喔！」

「請便。警察來了，傷腦筋的人是你吧。」

面對馬丁內斯的威脅，谷山一臉錯愕。「……啊？」

「別裝蒜了，我已經掌握證據。」馬丁內斯拿出手機，播放那支影片，並把手機拿到對方面前。「這支虐殺影片是你的傑作吧？」

男人猛然醒悟，隨即又猛烈搖頭。

「這、這是誤會！」

「誤會什麼？別扯了，我已經查出這支影片是你上傳到網路上的。」

「上傳影片的確實是我。」谷山承認，但又繼續辯解：「可是，我沒有殺狗！」

「啊？」

馬丁內斯闖進犯人家裡，正打算狠狠教訓對方一頓，誰知竟碰了一鼻子灰。

「……什麼意思？」

馬丁內斯逼問，谷山一五一十地從實招來。

根據這個男人所言，那支虐殺影片完全是假的。

步驟如下：首先，他去收容所領養小型犬，拍下將狗裝進黑色袋子的過程。接著，他把狗拿出來，改放進電池式的玩具狗，對著在袋子裡動來動去的玩具狗拳打腳踢、拿刀狂刺，並拍下這段過程。他所用的刀子也是刀尖會縮回去的假刀。之後，他又使用大量血漿，營造狗死了的假象。

再來，他利用專業級的高性能影片編輯軟體完成作品。他將分段拍下的影片巧妙地剪接起來，配上以假亂真的狗叫聲音效，假虐殺影片便大功告成。

谷山就地正坐，說出了一切。

「我只是想賺點閱數而已……要提升點閱率，必須拍些刺激的影片。」

「……」馬丁內斯大為傻眼，說不出話來。他摸了摸頭啐道：「什麼跟什麼啊……蠢斃了。」

居然被這種差勁的鬧劇耍得團團轉，一股焦躁感湧上心頭。

「從收容所領養來的棄犬呢？」

「我又丟掉了。」

馬丁內斯給了谷山一拳。

他的力道似乎太大，谷山發出窩囊的叫聲：「噗嘿！」身體猛然彈開，撞上牆壁後倒向地板。

「幹、幹什麼啦！」谷山手摀著臉頰叫道。

「丟掉了？」

「我只是還給收容所而已！」

「別鬧了，去領養回來。你要負起責任照顧牠。」

「咦？可是，我住的公寓禁止養寵物——」

「我管你那麼多。」

馬丁內斯用巨大的手掌使勁抓住男人的腦袋。

「如果你沒照著我的話去做，我就用刀尖不會縮回去的刀子狂捅你。」

谷山似乎死心了，發著抖淚眼婆娑地回答：「知道了。」

造訪偵探事務所的老紳士自稱八木。這幾天，他走遍福岡的大小偵探社，提出調查行蹤的委託。他似乎正迫切地尋找某個人。

「我想請您尋找這名青年。」說著，他拿出一張舊照片，輕輕放在會客桌上。

林和馬場探出身子窺探照片。那是一張國中生的照片。

「青年……」馬場喃喃說道：「看起來比較像少年。」

「對，這是八年前拍的照片。」八木面露苦笑。「他今年已經二十三歲，五官或許會有少許變化。」

林也開口詢問：「這小子是誰啊？」

「我幫佣的家庭的公子，八年前因故離家了。」

既然僱得起佣人，應該是有錢人家吧。

林再度凝視照片中的少年，突然浮現一個念頭——這張臉好像在哪裡看過？

滑順不帶捲度的黑色蘑菇鮑伯頭，遮去半張臉的長瀏海，以及從瀏海間探出來的那雙旁若無人的三白眼。

林猛然醒悟，這小子該不會是——

「喂，馬場。」

「唔？」

「你不覺得這個小鬼跟那小子很像嗎？」

「那小子？」

「就是那個蘑——」

話說到一半，事務所的門開了。

「嗨。」

出現的是蘑菇頭青年。這次總算是榎田。

「我遲到了，老是遇上紅燈。」

「呀，榎田老弟。」馬場舉起手來。「怎麼啦？」

「林老弟叫我來的。」榎田將視線轉向會客區。「如果你們在忙，我改天再——」

榎田的話語突然中斷，他張大嘴巴，渾身僵硬，雙眼瞪得老大。

下一瞬間——

「少爺！」

如此大叫的是八木。

「少爺？」林和馬場同時高聲說道。

少爺是什麼意思？他們認識嗎？林瞪大眼睛，交互打量榎田和八木的臉。

「呃！」

榎田皺起眉頭，隨即轉身逃之夭夭。他衝下樓梯，腳步聲咚咚作響。

「喂，等等！」

八木呼喚時，榎田已經不見人影。

「——失禮了。」

只見八木動了。他打開事務所的窗戶，探出身子。

「咦？」看見他的舉動，林和馬場不約而同地睜大雙眼。「不會吧，喂！」

八木跨上窗框。

「等等，你要做啥！」馬場叫道。

「這裡是三樓耶！」林也大叫，但八木並未理會，從窗戶跳了下去。

榎田全速跑下樓梯，衝出偵探事務所所在的住商大樓。

「——少爺！」

呼喚的聲音傳來。

榎田回過頭，仰望建築物。

「呃！」

——老人從天而降。

穿著黑西裝的男人，從大樓的三樓跳下來，在榎田眼前輕盈著地。

「好久不見，少爺。」

榎田拔腿就想跑，卻敵不過對方，被抓住後襟，動彈不得。這個男人還是老樣子，從外表完全看不出他竟有這身蠻力。這麼一提，從前也常被他抓住。榎田不想用功，試圖偷偷溜出家門時，他總會從二樓跳下來抓住榎田。雖然已經一把年紀，他的身手還是和從前一樣矯健。這個男人真的是人類嗎？

「……八木。」面對牢牢抓住手臂以防自己逃走的男人，榎田說了句諷刺的話。「一陣子沒見，你的白髮變多了。」

「您還是一樣沒大沒小，小心禍從口出。」

「你才該小心點咧。」

緊接著傳來匆忙奔下樓梯的腳步聲，是林和馬場，兩人似乎都十分驚訝。這也是當然的，畢竟一個老人竟然從窗戶一躍而下。

八木轉向他們，面露微笑。「原來兩位是少爺的朋友。」

「少、少爺……？」

林和馬場依然一頭霧水。

「感謝兩位平時對少爺的關照。」八木無視他們，繼續說道：「這是一點謝禮，還請笑納。」

說著，八木從懷中取出一束鈔票。

「等等，別這樣！」

榎田趕緊制止八木。八木從以前就有四處賄賂榎田朋友的習慣，最早可追溯至榎田的幼稚園時代。

「雖然我不太明白是怎麼回事……」馬場面露苦笑。「總之，恭喜您找到了要找的人。」

林的雙眼依然瞪得老大。「蘑菇頭……原來你也是人生父母養的。」

「不然你以為他是啥？」

「呃，就……菌類之類的。」

「原來如此。」

「『我沒有父母，不知道是誰生下我的。』」林模仿榎田的聲音，裝模作樣地聳了聳肩。「——很像他會說的話吧？」

「剛才學得超像耶，再一次！」

「『哎，既然是我的父母，腦筋一定很好。』」

「好像、好像！」

「『天底下沒有我不知道的事，除了父母的名字以外。』」

「超像的！超像他會說的話！」

「你們要表演模仿秀，可不可以在本人不在的地方表演？」

榎田瞪了一眼，兩人閉上嘴巴，撇開視線。

「——好，特地跑來找我這個已經斷絕關係的人有什麼事？」榎田把視線移回八木身上。「要是被那個男人知道就糟了吧？」

「請放心。老爺放了我長假，要我『好好享受旅行』。」
接著，八木終於切入正題。
「老實說，我有事想和少爺商量。」

榎田將馬場等人留在原地，換個地方說話。他帶著八木前往地下鐵博多站，進入剪票口旁的咖啡廳，點了兩杯冰咖啡，兩人在桌位面對面坐下來。
榎田一臉不快地詢問：「你要商量什麼事？」
「請看看這個。」
八木從公事包中取出一張照片和筆記型電腦。
「這是老爺的，駭客入侵了他的電腦。」
照片拍攝的是電腦螢幕，中央顯示了一段文字。

松田和夫先生：
我知道您在暗地裡幹什麼勾當。
不想曝光的話，

請立刻匯一千萬圓過來。

「以威脅而言，這樣的文字未免太過溫和。」榎田瀏覽文章後說道：「或許這代表對方很有把握吧。」

在這段訊息顯示的十幾分鐘後，電腦又可以正常運作。本來以為只是惡作劇，誰知隔天便收到免費信箱寄來的郵件，上頭明確記載了威脅的把柄。

「對方指定用比特幣付款。」

「我想也是。」

利用匿名性高的虛擬貨幣交易，是網路犯罪的慣用手法。

「……你該不會是在懷疑我吧？」

「豈敢。」八木笑著搖了搖頭。「以少爺的本事，用不著威脅也能把錢轉走吧？」

「是啊。」榎田冷淡地回答。

「我的工作是保護那個家。無論使用什麼手段，我都得找出寄威脅信的犯人，收拾掉他。」

八木是家裡的佣人，也是殺手。過了八年，這一點似乎依然沒變。

不過，這和現在的自己已經沒有任何關係。

榎田揮了揮右手。「哦，這樣啊，加油。」

「以少爺的本領，應該可以查出犯人是誰。」

「憑什麼要我幫那個男人工作？」

「您還在怨恨老爺？」八木露出調侃的笑容。「沒想到您這麼會記恨。」

「……當然。」榎田拄著臉頰，嘟起嘴巴。「我可是被親生父親殺掉了耶。」

「不愧是高齡化社會，這個國家的老公公和老婆婆真是活力充沛。」林回到事務所，一面關上八木跳下的窗戶一面說道：「居然從三樓跳下去。」

「他是特例。」馬場往沙發坐下，如此回答。

「源造老爺子也是活力充沛啊。」

「他也是特例。」

根本全是特例嘛。林聳了聳肩。

接著，他又想起剛才榎田與八木的對話，皺起眉頭說：「那兩個人沒問題吧？」

「啥問題？」

「他們之間的氣氛怪怪的。」

看起來不像是為了睽違八年的重逢開心。榎田露骨地「呃！」一聲，皺起眉頭，而八木雖然露出溫和的笑容，眼睛卻毫無笑意。即使是身為局外人的林，也可以感受到他們之間飄盪的險惡氣氛。

「大概是有啥複雜的緣由唄。」

「是啊。」複雜的緣由當然少不了，畢竟榎田是生長在僱得起佣人的家庭裡。「沒想到那個蘑菇頭居然是有錢人家的少爺。」

林打從剛才就驚訝不已，但意外的是，馬場卻一派鎮定。

「你不驚訝嗎？你的反應未免太平淡了吧。」

「別看榎田老弟那副德行，他有些行為舉止還滿高雅的。」馬場回答：「我早就在想，他的家境應該不錯。像是他使用筷子的動作就很優雅。」

「該不會……」林突然想到，「那個叫八木的佣人是來帶榎田回去的吧？」

繼承人離家出走，父母當然會為了帶他回家而四處尋找，甚至不惜僱用多名偵探。

對於林的看法，馬場抱持懷疑的態度。「咦？現在才要帶他回家？都八年了。」

「因為現在才需要他。」雖然只是臆測，但林仍然力陳己見。「比如父親突然死亡之類的。」

「唔……要是榎田老弟不在，可就傷腦筋。」馬場皺起眉頭。「他是我們重要的中外野手。」

「……你的腦袋裡只有棒球嗎？」林嘆一口氣。

馬場毫不慚愧地回答：「沒錯。」

他從沙發起身，扛起球棒袋。

「我要去打擊場，順便去找老爹，可能會晚點回來。」

林目送他的背影離去，也將思緒切換至工作上——那樁連續殺人案。他本來打算拜託榎田比對遊民的指紋，如今卻因為榎田另有要事而耽擱了。

還有沒有其他獲得線索的方法？在林暗自尋思之際，電話聲響起。

是佐伯打來的，案情似乎有所進展。

八年前的那件事，榎田至今仍記得一清二楚。

那小子有病，沒藥可醫了——偷聽那個男人說話的幾天後。

八木沒有敲門就突然闖進榎田的臥房，表情十分僵硬。榎田正覺得事有蹊蹺，八木便抓住他的手臂，將他推進車子裡。

八木坐上專屬司機平時的座位，榎田則是坐在副駕駛座上。八木帶著不容許榎田反駁與發問的氣焰握住方向盤。

片刻過後，車子抵達沒有人跡的廢棄倉庫。八木停下車，低聲說道：『請下車。』

榎田依言下車，隨即聽見一道「喀嚓」金屬聲。

榎田倒抽一口氣，緩緩回過頭來，只見八木舉著左輪手槍，剛才那是撥弄擊錘的聲音。

『……你要殺我？』

榎田詢問。不知何故，他莫名冷靜，或許是因為心裡深處知道會發生這種事吧。

『一切都是老爺的命令。』八木用冰冷無情的聲音回答：『您應該明白。』

榎田明白。那個男人是這麼說的：那小子有病，沒藥可醫了。既然沒藥可醫，只好剷除。

八木的工作就是收拾礙著那個男人的人，即使是自己也不例外。

『因為我很礙眼？因為我很礙事？』

榎田詢問，八木並未回答，但眼神訴說著：『沒錯。』

隨即，一道清脆的聲音響起。這是榎田頭一次聽見槍聲，嚇得忍不住用力閉上眼睛。

——然而，子彈並未射中榎田。

八木故意射歪了。

『……八木？』

為什麼？榎田睜開眼睛，凝視著八木的臉。為什麼不殺他？榎田對八木投以似責備又似求助的眼神。

八木壓低聲音說道：

『請您快逃吧。』

榎田不禁懷疑自己的耳朵。逃走——面對他得出的結論，榎田手足無措。

八木遞給榎田一張紙。

『這是到福岡的機票。博多有我的朋友，您有困難的時候去找他幫忙，他一定會幫您的。』

『可是，要是不殺我，你——』

父親的命令是絕對的，若是反抗，便會危害八木的立場。

『其餘的事交給我來處理。』八木用堅定的語氣說道：『我會蒙混過去的。』

家裡的人都知道八木有多麼能幹，如果是他，或許瞞得過那個男人。

榎田點了點頭，但並未道謝。『……我知道了。』

『少爺，請多保重。』

這是他們最後的對話。

「……都是你，害我又想起不愉快的事。」榎田半是嘆息地說道，喝了口咖啡，苦味在舌頭上擴散開來。

從小代替忙碌的父母照料榎田的，正是八木，縱使主人有令，或許他還是下不了手。活像《格林童話》的〈白雪公主〉一樣。王后命令獵人暗殺公主，但同情公主的獵人並未殺她，而是將她留在森林裡，向王后謊稱已殺掉公主。八木也沒有殺害榎田，而是製造榎田已死的假象。

「別跟我說你已經忘了。八年前，你拿槍指著我。」

「那是您自作自受。」八木完全豁出去了。「是您觸犯法律，惹得老爺煩心。」

「家長原本就該為小孩的行為負責。」榎田也不甘示弱地反駁：「對正值青春期的孩子施加那種威迫式教育，換作任何人都會產生偏差。」

「您的偏差方式太不可愛了。」這男人依舊嘴上不饒人，也不想想他是個佣人。

「在老爺最要緊的時期入侵警視廳的資料庫。」

榎田的父親是政治家。不，他根本不配稱為父親，只是個為了保護自我名譽與地位，不惜犧牲家人的冷血男人。榎田記憶中的父親總是面無表情、眼神冰冷，這是他留給榎田的唯一印象。榎田很討厭他，所以才故意惹麻煩。

榎田的犯罪行為正好是在選舉期間曝光的。那個男人為了壓下這件事，不知道花了多少錢。

「總之……」榎田大聲拒絕八木的要求。「不管那個男人會有什麼下場，都跟我無關。」

聞言，八木的語調變了。

「您真的這麼想嗎？」溫和的口吻瞬間變得冰冷。「老爺的祕密若是曝光，您現在的生活也會不保。」

「到時候我逃去國外就好了。」

「——榎田先生。」

這是八木頭一次用現在的名字稱呼他。不是少爺，而是榎田。聽不慣的稱謂讓榎田感到莫名不自在。

八木臉上的笑容消失。

「請別誤會，我不是請您看在過去的情分上幫忙，而是正式向您提出委託。」

說著，八木從懷中拿出一張支票，上頭的數字在1之後共有七個0。

「這是酬勞，如果您不滿意，我可以加倍。」

榎田無言以對，只能默默瞪著眼前的男人。

八木又乘勝追擊：

「您好歹也以這一行的專家自居吧？既然如此，就不該參雜私情。」

榎田在心中暗自咋舌。對方都這麼說了，他不能不接下這份委託。身為情報販子，他也有些許自尊。

「……我會馬上揪出犯人。」榎田露出好強的笑容。「你就趁著這段期間在福岡好好觀光吧。」

三局下

諸葛使用的手機是「.mmm」開發的，具備高度的防駭性能。密碼只要打錯三次，手機便會爆炸，化為灰燼，所以暴力破解法也不管用；即使落入敵人手中，這個裝滿資料的塊狀物只會變成炸彈，攻擊對手而已。

這支手機是透過組織專用的郵件伺服器進行聯絡，受到層層防火牆保護，並由精銳部隊二十四小時監控，只有組織相關人士與特定對象才能互通郵件。這種完全阻隔了外來攻擊的手機，井良澤與濕婆兩人也各配給了一支。

半天後，保管 macro-hard 電腦的濕婆透過手機聯絡諸葛：『我查到一件有趣的事，請到我的店裡來。』

諸葛立刻前往濕婆的電腦維修店。他走進店裡，踏入濕婆的房間，只見濕婆正在打電腦。井良澤就是在這個時候傳來郵件。

「……終於完成了？」

打開郵件一看，裡頭附了一個影片檔，是井良澤自行拍下的殺人影片。他先把攝影機固定在擂台的牆上，接著開始痛毆對方；待獵物虛弱以後，便手持攝影機，一面用刀子狂捅人，一面特寫對方逐漸死去的表情。影片清楚地錄下 macro-hard 因為劇痛而扭曲的臉龐與井良澤的笑聲。真是慘不忍睹。

「明明叫他別寄影片給我……」諸葛抓了抓腦袋說道。

工作完成了，只要通知一聲「完成了」即可，可是井良澤老是寄影片過來。

「沒辦法，他大概很想炫耀吧。」濕婆回頭笑道：「拳擊手時代那麼受人矚目，現在卻必須避人耳目。他是希望有人看了影片稱讚他，就像小孩一樣。」

你自己也一樣像小孩吧——這句話被諸葛吞回去。

「好了。」諸葛立刻帶入正題。「你查到什麼？」

「請看這個。」濕婆指著某台電腦——macro-hard 的終端機畫面。

畫面上是成排的資料夾，大約有三十個。仔細一看，每個資料夾的名字都是人名。

「這是什麼？」

「簡單地說，就是勒索把柄檔案。」

「勒索把柄？」

「macro-hard 好像是靠著入侵電腦掌握別人的祕密，藉此勒索錢財。」

「這些人全都是勒索對象？」

其中有些在電視或報紙上常常看見的名字。政治家、藝人、運動選手——全都是名人，甚至連高階警官也名列其中。據說 macro-hard 是使用病毒寄送威脅信，暗示對方自己手上握有把柄。

「問題是這個男人。」

濕婆指著名為「松田和夫」的資料夾。

這是個眾所皆知的名字。「松田……是那個眾議院議員？」

濕婆點頭。「這個男人背地裡好像用了些非常骯髒的手段。」

「哎，哪個政治家不是這樣？」那又如何？諸葛一笑置之。「與我們無關。」

「關係可大了。」

「……什麼意思？」

「根據 macro-hard 的資料顯示，松田和夫有個兒子，從前曾經因為駭客行為被逮捕。當然，案子被父親壓下來了。」濕婆繼續說道。他一反常態地顯得相當興奮。「當時的入侵手法和那傢伙很像。」

「和誰很像？」

「blackleg。」

「……blackleg？」聽聞這個名字，諸葛瞪大眼睛。「你確定？」

代號「blackleg_nameko」，這是赫赫有名的駭客。前幾天，組織相關人士也遭受他的攻擊，被偷走了情報。他是在「.mmm」黑名單榜上有名的警戒人物。

「錯不了。雖然當時的技術比現在拙劣，但是手法的特徵相同。」

駭客與仿畫家很像。就如同仿畫家為了顯示是自己的作品而在畫作某處簽名，駭客也會為了顯示是自己的功勞而留下證據。比起金錢，更重視自我顯示欲的人尤其如此。

「blackleg 自製了一個資訊開放病毒，叫做『Flammulina』，主要是藏在附檔裡，下載影片或圖檔就會感染。」

「Flammulina」——諸葛也聽過風聲。

「當時，松田的兒子使用的病毒就是『Flammulina』的初期版。」濕婆望著畫面，繼續說道：「這個兒子好像一直對父親很反彈，沒打算從政，成天都在入侵別人的電腦玩，每次都是父親硬壓下來的。」

「那個兒子現在在哪裡？」

重要的是這件事。

「根據紀錄，八年前死於車禍。」

「blackleg 死了？」

「是詐死。」濕婆再度指著畫面。「請看這個。根據 macro-hard 掌握的情報，松田請認識的醫生開立死亡證明，偽裝兒子已死。當然，應該是派人去處理的。」

「是嫌兒子礙事嗎？」

「車禍的幾天前，松田用信用卡買了張前往福岡的機票。不過出發日當天，他參加了在都內舉辦的派對，並沒有前往福岡。」

松田購買前往福岡的機票之後，兒子就消失了。

「換句話說，使用這張機票的——」

「很可能是 blackleg。」

真是意料之外的發展。沒想到竟能透過 macro-hard 這個二流駭客釣到 blackleg 這條大魚。

「偽裝死亡，安排兒子逃往福岡？」諸葛撫摸著下巴，喃喃說道：「好，替我調查 blackleg 後來的蹤跡。」

「我已經調查了。」濕婆笑道：「我入侵網路課的資料庫，搜尋關於駭客的偵查紀錄。前陣子，有個駭進信用卡公司的駭客手法和 blackleg 一模一樣，好像是在調查名叫『林憲明』的男人的消費明細。信用卡公司的電腦感染了『Flammulina』，管理者權限被盜用。」

「真的是 blackleg 做的？」

「雖然使用代理伺服器當跳板，不過還不到無法追蹤的地步，本人似乎也沒有隱藏手法的意思。我猜，網路課的調查員和 blackleg 暗地裡八成有勾結，不然早就查出 blackleg 的下落，將他繩之以法。」

這種情況並不罕見。政府或警察僱用擁有高等技術或知識的犯罪者是常有的事。

「我追溯源頭，發訊源是中洲的網咖。」

濕婆立即查出對方的所在地，手腕之高明令諸葛不禁心生嫉妒。倘若自己有這個男人的才能，現在應該仍活躍於網軍的第一線——多餘的念頭浮上腦海，諸葛連忙搖了搖頭。

「使用的是五十六號包廂的電腦。」濕婆入侵網咖的系統，查閱來店紀錄。「這一天，待在五十六號包廂的客人——就是這小子。」

網咖監視器的影片中，清楚映出那個人的身影。

「找到了。」濕婆興奮地說道：「這就是他的廬山真面目。」

他調整影片，擴大男人的臉部。那是個留著蘑菇頭的花俏男子，長長的瀏海遮住半張臉，外貌相當獨特。

「這小子就是 blackleg 啊……」

諸葛目不轉睛地凝視著嘴角帶笑的年輕男子。

四局上

遊民連續暴力殺人案似乎有新進展。林接到佐伯的通知，在診療時間結束後前往佐伯的診所。

佐伯迎接趕來的林，帶他前往診所內的密室。密室內一片幽暗，中央並排著幾個平台，氣氛與驗屍室頗為相仿。

「請看看這具屍體。」佐伯催促道。

這次不是照片，而是實物。掀開塑膠布後，現出的是赤裸的男屍。

「又是同一個凶手送來的。」

林仔細觀察躺在平台上的屍體。從肌肉的發達程度及皮膚的光澤判斷，年紀大約是二十五歲至三十五歲之間，一如往例，被打得鼻青臉腫，嘴巴張得大大的。

「這傢伙的門牙也被拔掉了。」

「是啊。」佐伯也點了點頭。「不知道目的究竟是什麼？」

戰利品——馬場的話語閃過腦海。莫非是透過拔牙來滿足自己的支配欲與所有欲？

「被害人的衣服和指甲上留有金色頭髮，應該是和凶手搏鬥時留下的。」

「原來如此。」凶手是金髮啊？

「這些是這個男人身上的物品。」

說著，佐伯遞出一支極為普通的智慧型手機與皮夾。皮夾裡有幾張萬圓鈔票，財物似乎完好如初。

「凶手好像不是為了錢。」

「是啊。」

還有駕照。名字是黑岩學，記載的住址是福岡市中央區藥院，離這裡並不遠。

「太好了，這個男人有家。」

先前的屍體全都是遊民，但黑岩似乎不同。

調查被害人的住處，或許能找出什麼蛛絲馬跡。林抄下住址，立刻前往黑岩家。

路邊攤「小源」正準備開張。馬場在忙碌的源造面前坐下來，報告這次的工作結果。

「……自殺？」源造停下手，瞪大眼睛，凝視著馬場。

「對，我到場的時候，他已經死了。」

馬場簡潔地說明青柳上吊自殺的事。

「會不會是有人殺了他，偽裝成自殺？」

「不，重松大哥說是自殺沒錯。」

脖子上的繩子痕跡並無不自然之處。倘若是受人威脅而上吊，或許另當別論，不過青柳確實有自殺的動機。

「他似乎很難受，主動辭職以後，一直窩在家裡。」

「哎，他是自作自受。」源造聳了聳肩說道：「誰教他給別人添麻煩？」

「但是他本人否定這件事。」馬場不認為青柳是在說謊。「現場留有遺書，說『不是我做的』。」

「哦？」源造似乎頗感興趣地探出身子。

「你不覺得和先前齊藤老弟的案子很像麼？」

齊藤也險些因為觸犯恐嚇罪、威力業務妨礙罪和兒童色情法而被捕。他的電腦因為遠端監控病毒而自行啟動，在網路上留下殺人及炸彈預告，並擅自儲存少女裸照，甚至連社群網站的帳號都被盜用了。

「或許這次也是有人駭了青柳的電腦陷害他。」

「駭客真是種棘手的生物呀。」

源造說道，馬場也點頭附和。「和這個犯人相比，榎田老弟可愛多了。」

榎田應該也有足以把人逼上絕路的技術，但他對這種事毫無興趣。

「對了、對了，說到駭客……」源造突然想起一事。「這傢伙。」說著，他把一張照片放到馬場的眼前。

「這個男的是誰？」

「黑岩學，是個駭客，有很多人要他的命。」源造繼續說道：「這是某個警界人士提出的委託。他僱用殺手暗地裡收拾犯罪者，被這個男人發現，威脅不付錢就要把事情抖出來。」

「哎呀呀。」所以才被追殺？

「怎麼樣？馬場，這份工作你接不接？」

「駭客呀……」

馬場凝視著男人的照片，喃喃說道。這個男人似乎是四處勒索別人的壞蛋，馬場沒有理由拒絕。

替松田和夫工作的事實雖然令人不快，但被八木那麼一激，榎田無法打退堂鼓。這個佣人打從以前就深諳操控榎田之道，這讓榎田有些氣惱。

榎田很快就找到寄出威脅信的犯人。又或者該說，他早就聽到風聲了。代號 macro-hard 的駭客，本名黑岩學，最近由於行事過於張揚而被各方人馬盯上的男人。

macro-hard 的巢穴距離藥院大通站只有五分鐘路程。榎田決定趁黑岩不在家時偷偷溜進他的住處，拷貝他的電腦資料。必須確認黑岩是不是 macro-hard 本人，並掌握他寄威脅信的證據。只要證據確鑿，八木便會自行收拾他。

公寓二〇二號室。榎田按了門鈴，但沒有回應。

榎田朝門把伸出手時，發現一件不對勁的事。

——門沒鎖。

榎田悄悄地打開門，從門縫窺探屋內。沒有人的氣息。他屏住呼吸，踏入屋內，只見窗戶被黑色窗簾蓋住，一片昏暗。他定睛細看，屋內果然空無一人。

應該不是忘記鎖門，這個單間套房凌亂不堪，活像是有人翻箱倒櫃後匆忙離去。更令人費解的是，屋裡竟然沒有半台電腦。這裡可是駭客的住處啊。

是被捲進什麼事端裡？還是抱著營生工具趁夜逃走？

榎田在狹窄的屋內歪頭思索。就在他朝著電燈開關伸出手，打算更進一步調查的時候——

突然傳來開門聲。

——有人來了。

榎田心下一驚，倒抽一口氣。玄關有道人影。他沒時間躲藏，那道人影一瞬間便逼近眼前，當他回過神來時，身體已經傾斜，被壓倒在地板上。

眼前有個亮晃晃的物體，是刀子。對方拿出了刀子。

糟糕，是殺手——榎田扭動身體，試圖擺脫對方，卻無法如願。對方整個壓在他身上，令他動彈不得。

對方舉起刀子，下一瞬間——

「——啊？」

殺手發出錯愕的聲音。

一頭長髮垂到榎田的臉頰上。

「……搞什麼，原來是蘑菇頭啊？」

仔細一看，那是張熟面孔——是林憲明。

林前往那具男屍——黑岩學的住處，發覺門未上鎖。進入屋內一看，屋裡有人，或許是殺害黑岩的凶手。林暗自警戒，決定先下手為強，迅速撲倒對方，用體重封住對方的動作。

當他舉起刀子時，赫然發現對方是榎田，高舉的手臂立刻停住了。

「……嚇了我一跳。」

榎田爬起來，深深地吐出一口氣。

「別嚇我嘛，真是的。」

「這是我要說的話。」林折疊刀子，收起武器，也跟著吐了口氣。「差點就把你給殺了。」

「你在這裡幹嘛？」

「你呢？」林反問。

「我有事要找這裡的住戶。」

「他死了。」

「……咦？」

「這裡的住戶是黑岩學吧？他被殺了，屍體被送到佐伯醫生那裡。」

「被殺了？誰殺的？」

「不曉得。」林歪了歪頭。「你不知道的事，我怎麼會知道？」

林正在調查是誰殺死黑岩，期待能在這裡查出眉目。但願這個地方留有線索。

林打開屋內的電燈。

「……好像被人捷足先登。」林環顧四周，喃喃說道。屋裡被翻箱倒櫃，不知是不是殺害黑岩的凶手所為？

「沒有電腦。」

「大概是凶手拿走了吧？」

或許凶手的目的正是電腦裡的內容。

「應該有把資料備份在某個地方，比如備用電腦或智慧型手機。」說著，榎田又舉起雙手。「哎，看屋子裡的狀況，備份八成也被凶手拿走了。」

「啊！」林叫道。這麼一提，佐伯把黑岩的私人物品交給他了。「手機在這裡。」

他拿出手機，遞給榎田。

「只是鎖起來了，看不到內容。」

「沒問題，區區四位數的密碼，有跟沒有一樣。」

這方面的事還是交給這個男人比較好。

「好，那支手機就給你吧，隨你調查。」

榎田點了點頭。

突然，林察覺一股奇妙的氣息。這是什麼感覺？他四下張望。

「怎麼了？」榎田詢問。

「好像有人在看我……」

林感覺到視線，似乎不是多心。

「……是那個。」林回過頭來，指著某樣東西。「針孔攝影機。」

占據整面牆的大書架最上方有隻絨毛狗玩偶，仔細一看，玩偶左右眼的顏色不一樣。

「狗的左眼好像是鏡頭。」

「原來他安裝了監視器啊。或許是知道有人要他的命，所以暗中戒備。」榎田說道。

「話說回來，真虧你能發現，不愧是殺手。」

攝影機的位置很高，不使用踏腳台顯然搆不著，不過——

「我來拿，我長得比較高。」

榎田打腫臉充胖子。

「啊？」這句話可不能聽過就算了。「怎麼看都是我比較高吧。」

「哪有？明明是我比較高。」

「好，那就來量量看吧。」

「正合我意。」

兩人背對著背，比較身高。

「看吧，是我比較高。」

「不不不，是我比較高。再說，你穿高跟鞋耶，根本是作弊。」

「你自己還不是穿厚底鞋？」林指著榎田的鞋子說道。

榎田嗤之以鼻。「就算脫掉鞋子，也是我贏。」

「怎麼可能？」林立刻反駁。「喂，你可別踮腳尖啊。」

「我才沒有。你自己的腳跟才是懸空的吧。」

就在這時候，傳來「喀嚓」的開門聲。兩人心下一驚，似乎有人來了。林和榎田面面相覷，頓時慌了手腳。現在不是比身高的時候。林立刻從懷中拿出武器，將視線移向玄關。

「——啊！」

站在那兒的是身穿黑西裝、臉戴仁和加面具的男人——馬場。

林整個洩了氣。

「……搞什麼，原來是你？」

「馬場大哥。」榎田也吐了口氣。「別嚇人嘛。」

真是無巧不成書，沒想到三個相識的人居然不約而同地齊聚一堂。

「你們在幹啥？」馬場拿下仁和加面具，瞪大眼睛問道。

「比身高。」

「你覺得我們兩個誰比較高？」

林詢問，馬場打量兩人說道：「唔……看起來差不多呀。」

「……」

「……」

馬場答得漫不經心，氣得林的臉部不禁抽搐，榎田也癟起嘴巴。

馬場並未理會他們，而是在屋內四下張望。

「好像有視線？」

他似乎也察覺到針孔攝影機的存在。

「是那個呀？」他走向書架，朝最上方的絨毛狗玩偶伸出手。「嘿咻！」馬場輕輕鬆鬆就搆著了。「瞧，我找到攝影機了。」

「……」

「……」

林和榎田默默無語地瞪著馬場。

「……你們幹啥露出那種表情？」馬場一臉錯愕地歪頭納悶。「怎麼了？」

林用刀子割開絨毛狗玩偶，拿出裝在裡頭的東西。有個小型攝影機藏在棉花裡。黑岩在這間屋子裡發生什麼事，應該全被影片記錄下來了。

馬場等人把攝影機接上電視，目不轉睛地凝視著畫面上映出的影像。先是三個男人硬闖進屋，身上穿著搬家業者的制服，帽子和口罩遮住他們的臉。

「這些人是啥來頭？」馬場凝視著畫面，喃喃說道。

「誰曉得？」

「只知道鐵定不是搬家業者。」

其中的高個子男人抓住黑岩，摀住他的嘴，似乎是用藥迷昏了他。接著，男人將黑岩裝入袋子裡扛起來，大概是打算綁走他。

之後，這些男人又把屋裡的所有電腦帶走了。

「他們的目的果然是電腦。」榎田說道。

他們之所以假扮成搬家業者，八成是為了避免在搬運物品離開時引起懷疑。

「這個男人或許就是我要找的人。」林指著搬走黑岩的金髮大漢說道。「我在調查遊民的連續殺人案，黑岩也是死於同樣的手法。」

據林所言，凶手是金髮的可能性很高。

「這傢伙搞不好就是凶手。」林再度把視線移向影片，喃喃說道：「先活捉黑岩，把他搬到其他地方之後才殺掉。」

「應該是要拷問他吧？」

「不，屍體沒有被捆綁的痕跡。」

他們再度把視線移向影片。之後到榎田進屋之間並沒有發生任何事。

看完影片後，榎田抽出了資料。

「我拿回去解析，看看能否查出他們的身分。手機上的資料也一樣，要是我查到什麼會聯絡你們。」

「嗯，拜託你了。」林也點了點頭。

離開公寓以後，馬場和榎田道別，回到停在投幣式停車場的愛車。林則是坐進副駕駛座。

「換句話說，黑岩已經死了？」

「對，屍體送到佐伯醫生那裡。從剛才的影片看來，凶手鐵定是那個金髮男人沒錯。」林一面繫上安全帶一面回答。

「看來又是白跑一趟。」

馬場微微地嘆一口氣。前幾天的目標自殺，這次的也被殺了，總是搶先他一步。

「你很閒吧？那幫我工作。」林說道。他口中的工作，大概是指遊民連續殺人案吧。

「我去找仲介問問看，你去向遊民打聽消息。」

「咦？我才不閒呢。」馬場拒絕。他只想早點回家。「我還有棒球比賽要看。」

「反正會輸，有什麼好看的？」

「啥？」

聞言，馬場臉色大變。

「等等，你這句話是啥意思？」

馬場沉下臉來，林在他的身旁抖著肩膀狂笑。

林在中洲下車，留下一句「好好工作啊」之後，便和馬場道別。他的目的地是平時常去的攤車。

當他鑽過布簾——

「哦，是林呀？」老闆源造出聲招呼。「情況如何？」

「稱不上好。」

工作幾乎沒進展。好不容易才找到疑似凶手的人，卻沒有其他線索。

「今天一個人來？」

「嗯，我有事想問你。」林在椅子坐下，進入正題。「你認識會拔掉屍體門牙的殺手嗎？」

「拔掉門牙的殺手？」源造歪了歪頭。「那是啥？」

「把人打得鼻青臉腫，拿刀子狂捅，最後再拔掉門牙。你有沒有聽過使用這種手法的殺手？」林展示佐伯給他的照片。「瞧，就像這樣。」

源造盤起手臂沉吟，但似乎毫無頭緒。

「我的旗下沒有用這麼沒效率的方式殺人的傢伙。」

確實很沒效率。如果是職業殺手，應該會用迅速確實的方法奪走對方的性命。明明只要往要害刺上一刀就能殺人，卻選擇折磨並狂刺對方，顯然是有施虐嗜好的業餘殺手所為。

「我還以為你會知道。」

林垂頭喪氣。源造長年在這個城市當殺手，引退之後又轉行當仲介，對這一行相當了解。林原本以為他至少會聽過一些風聲，只可惜事情的發展不盡人意。

此時——

「你等等。」

源造拿出便條紙，寫下一些字。

「這個給你，是我認識的仲介，或許裡頭有人知道。」

源造遞給林的是仲介名單，上頭有三十人份的電話號碼。事到如今，只能一個一個問了。

林道謝過後，便離開攤車。

結果，馬場終究拗不過林，只好幫林工作。林要他向遊民打聽消息，因此他來到遊民聚集的公共設施。

一看見遊民，他便詢問「最近有沒有看過可疑的男人」，可是——

「不知道。」

「欸，小哥，能不能借點錢給我？」

「可疑的男人？如果你是在問暴露狂，那條路上常出現。」

——得到的盡是這類答案。

馬場把陣地從博多轉移到天神，逐一向遊民打聽消息，直到第十五個人——睡在公園裡的男人，才查到一點蛛絲馬跡。

「這麼一提，之前新哥跟一個不認識的男人在說話。」

「新哥？」

「住在這附近，資歷比我還老。」

「那個新哥現在在哪裡？」

「不曉得。」男人歪了歪頭。「最近都沒看到他。」

「會不會是搬去別的地方？」

「怎麼可能?他的家當都還留著。」

男人所指的地方擺放著塑膠墊和紙箱。

「是不是出了什麼事?」男人反過來詢問馬場，一副興味盎然的模樣。「不瞞你說，別看我這副模樣，其實我以前是刑警。」

只不過現在人事全非了——他露出自嘲的笑容。

「我被人陷害才丟掉工作。」

聽到這句話，馬場心念一動。

被人陷害才丟掉工作——這句話有點耳熟。對了，那封遺書。上吊自殺的青柳雄介留下的遺書。他也一樣堅稱自己是清白的，是被人陷害，不得已才辭掉工作。

「能不能把詳細經過告訴我？」

雖然已經到了九月，晚上還是很悶熱，馬場送了冰果汁充當情報費，遊民露出一口黃牙而笑。

他們並肩坐在公園的長椅上，當過刑警的遊民開口說：

「小哥，你知道破壞者（cracker）嗎？」

「cracker？」馬場反芻這個單字，歪頭納悶。「是說鞭炮嗎？」

「不是、不是，是這個城市的自由殺手。」男人繼續說道。「他是靠著入侵電腦殺人的。」

「靠著入侵電腦殺人？怎麼殺？」

馬場大吃一驚。用不著直接接觸目標就能殺人嗎？

「捏造罪行，讓對方在社會上無法立足。」男人說明其中的機關。「比方說，有個政治家想要除掉礙事的對手。如果僱用殺手暗殺，就算再怎麼巧妙地偽裝成意外或自殺，還是會有人懷疑到自己頭上來，對吧？不過，破壞者就不同了。他不是除掉目標，而是讓目標喪失社會上的信用及名聲。」

「……原來如此。」

「透過揭露見不得光的醜事或捏造罪行，毀掉別人的人生。事實如何根本不重要，因為只要風聲一傳開來就完蛋了。對於靠人氣吃飯的人而言，這種殺手最可怕。」

確實，委託的風險也很低，順利的話，或許還能把對方逼上絕路，就像青柳那樣。

「我長年以來都在追查那個破壞者，好不容易快抓住尾巴，卻被擺了一道。那傢伙攻擊我，把我這個刑警塑造成犯罪者。」

「他做了什麼？」

「那傢伙用我的電腦進行麻藥交易，還神不知鬼不覺地把貨藏到我家和我的私人物品裡，真是個滴水不漏的混蛋。不只這樣，連我的信用卡都被盜用了。有人假扮成我刷卡。」

丟掉工作，而且變得身無分文，這個男人只能流落街頭。充滿正義感的刑警竟被塑造成毒蟲。

這個男人從此無法在社會上立足，實在太可怕了。

「……破壞者呀？」

馬場兀自沉吟。

『好像不是我旗下的殺手。』在彩券行工作的中年女性回答。她似乎也是源造認識的仲介。『再說，我最近沒接到暗殺遊民的委託。』

林掛斷電話，忍不住嘆了口氣。他打遍源造給他的名單上的電話，打聽那個男人的消息。這個女人是最後一人，結果還是毫無收穫。太遺憾了。

今天先回家吧——無可奈何，林只好放棄，坐上巴士。

有沒有其他獲得情報的方法？林一面隨車顛簸一面尋思。突然，他靈光一閃：這麼一提，不是有個匯集地下社會情報的網站嗎？

或許那個網站上有關於拔牙男的傳聞。

林拿出智慧型手機，打開「地下求職網 福岡版」的首頁，立即搜索全站。

關鍵字是「門牙」——他輸入這個詞，按下 Enter 鍵。

搜尋結果 0項

「……果然沒有。」

改用其他關鍵字搜尋吧。林想起針孔攝影機拍到的那個金髮男人，這次改用「金髮」當關鍵字搜尋。

搜尋結果 5項

似乎搜到了幾項結果。

而且，其中一篇留言吸引了林的注意力。

懸賞五百萬圓捉拿這個男人。

特徵：身高一百六十五至一百七十公分，體格偏瘦，金髮

這段文字之後貼了一張圖，是男人的照片。

看見照片上的臉孔，林不禁瞪大眼睛。

「……不會吧？喂！」

必須儘快通知那傢伙。

林立即下了巴士，慌慌張張地打電話。然而，對方並未接聽，鈴聲持續作響，似乎是在通話中。糟糕——林皺起眉頭。

榎田窩在網咖裡埋頭苦幹。

調查同步到智慧型手機裡的備份檔案後，榎田發現 macro-hard 的資料裡隱藏許多名人的祕密。威脅松田和夫的犯人果然是這個男人，就連兒子被抹去的犯罪事蹟也在他的掌握之中。

雖然 macro-hard 消失了，但是問題並未解決，因為有人帶走黑岩的資料——針孔攝影機拍到的三人組。他們清查 macro-hard 的資料進而發現松田的祕密只是時間早晚的問題。寄威脅信的犯人好不容易自世上消失，把柄卻又落入其他人手中，這樣根本沒有任何不同。

事到如今，只能從三人組手上奪回資料，並且堵住他們的嘴巴。

必須先查出他們的身分才行。

榎田解析影片，試著查出三人的身分，卻是徒勞無功。他們藏住了臉，無法進行精確的比對，和任何資料庫的照片都不吻合，榎田束手無策。

一個疑問浮現於腦海中：三人組為什麼要暗殺 macro-hard ？雖然光看影片看不出有沒有殺人，不過聽林的說法，是他們下手的可能性很高。

到底是為什麼？

榎田突然導出一個假設：莫非三人組的目的和自己一樣？或許是某個被這個男人捉住勒索把柄的人，委託職業殺手殺人，所以他們才拿走電腦，殺黑岩滅口——這種可能性很高。

此時，智慧型手機突然震動起來。有人來電，是他熟識的那個網路犯罪調查員，狩村。

榎田接起電話。

『關於前幾天你給我的名單……』

狩村劈頭就切入正題，聲音顯得有點陰鬱。

「你解讀出來了？」

『對。我現在就傳給你，你看看。』

榎田望向眼前的電腦，信箱正好收到新郵件。「哦，來了、來了。」

榎田打開郵件，下載附件。

『那份極機密名單是世界各地的駭客名簿，好像是叫做黑客名單。』

「黑客名單？」

『「.mmm」表面上是自由參加型的網路恐怖組織，其實背地裡從事的是完全不同的活動。』狩村繼續說道：『幹部在世界各地安插諜報員，暗殺駭客。』

暗殺駭客——又是個駭人聽聞的話題。

「換句話說，他們的另一面是專門暗殺駭客的組織？」

『沒錯。』狩村點了點頭。『這份名簿就是暗殺清單。上個月，美國有三個駭客死了，那三個人的名字也在上頭。』

在網路戰爭中，優秀的駭客就是敵人。有別於只要扣下扳機，誰都能輕易發動攻擊的現實戰爭，在網路戰爭裡，善用武器的人十分有限。換句話說，少了這些駭客，自己的國家就能在網路戰爭中占得上風。

「據說『.mmm』的根據地在北韓或中國，也有人說是好幾個網路先進國家聯手組成的。非但政府默認，甚至還有政治家暗中支援他們。」

榎田打開剛收到的檔案。如狩村所言，上頭是成排的駭客名字，那個男人也在其中。

「macro-hard 也在上頭。」

macro-hard，亦即黑岩學，剛被殺的駭客。

『還不只這樣，請看第三頁。』

榎田依言用滑鼠捲動頁面，孰悉的文字映入眼簾。

blackleg_nameko

『blackleg——你的名字也在上頭。』

「……真的。」

blackleg_nameko——通稱 blackleg，是榎田過去使用的代號。

『有人入侵我們部門竊取關於駭客的偵查資料，被偷的是你的檔案。』狩村用沉重的聲音說道：『請小心，榎田先生。你也被「.mmm」盯上了。』

四局下

諸葛為了報告前往博多站。到了指定時間，他依照慣例，坐在廣場的長椅上靜待對方到來。

組織幹部混在路人中毫無預警地現身。諸葛依然面向前方，對著在身旁坐下的男人說道：「macro-hard 已經收拾掉了。」

「是嗎？」

「只不過有個問題。」

「什麼？」男人的聲音沉下來。

諸葛壓低聲音說道：「blackleg 好像在這個城市。」

「blackleg？」男人的聲音往上揚。「確定嗎？」

「確定。濕婆抓住了他的尾巴。」

接著，諸葛簡潔地說明事情的經過。

「macro-hard 手上的資料裡有關於 blackleg 的情報。我派濕婆調查，blackleg 確實是在這個城市。」

諸葛側眼窺探男人的臉龐請示：「該怎麼處理？」

「解決他。」男人立刻回答：「他對我們而言也很棘手，最好儘早解決。」

諸葛默默地點頭。當然，他也是這麼打算的。

「千萬要小心對方的反擊。深入對方陣地，很有可能反過來被擺一道。擬定萬全的策略後再採取行動。」

這一點用不著他叮嚀。

井良澤也來到濕婆的店裡，一如平時地觀看影片，沉浸於喜悅之中。

「太簡單了。哎，比起那些遊民老頭子是好了點啦。」井良澤把視線轉向諸葛，嗤之以鼻。「駭客沒有電腦，就只是隻弱雞而已。」

他今天看的似乎是剛被他殺掉的 macro-hard 比賽影片。

「屍體處理掉了吧？」

「和私人物品一起交給業者處理了。」

「那就好。」

接著，諸葛把視線移向濕婆。

「下一份工作來了。收拾 blackleg。」

「好耶！」濕婆開心地瞇起眼睛。「終於輪到我大展身手。」

「不過，上頭要你小心對方的反擊。」

「要瞞著 blackleg 偷偷潛入他的陣地，是幾乎不可能的事。」

一旦被察覺就完蛋了。不但會遭受反擊，連我方情報都可能被奪走。

「有沒有方法可以抵擋對方的反擊？」

諸葛喃喃說道。他沉默下來，暗自思索。

blackleg 對組織而言是一大阻礙，思及今後他可能為組織帶來的危害，必須趁現在將他除掉。不過，若是在戰略不夠周密的狀態下對他出手，反而可能造成我方的損害。必須擬定充分的防反駭對策才行。

「癱瘓整個福岡的通訊，以防被他入侵，如何？」

「這樣我們也無法攻擊啊。」

諸葛反駁，隨即猛然醒悟。

駭客沒有電腦，就只是隻弱雞而已——他想起井良澤剛才所說的話。

他想到一個好主意。

「……沒錯，井良澤，你說得對。」諸葛露出笑容。「只要別讓對方使用電腦就行了。」

五局上

——你也被「.mmm」盯上了。

狩村的話語一再閃過腦海。

「……『.mmm』啊？」

表面上是網路恐怖組織，背地裡是暗殺駭客的集團——而且來歷不明。莫非擄走macro-hard、帶走電腦的三人組也和「.mmm」有關？不無可能。

對於「.mmm」這個組織而言，大概再沒有第二個人像自己如此礙眼吧。情報販子原本就是容易有生命危險的行業，過去榎田也闖過不少生死關。他可不會坐以待斃。好，這次要用什麼方法躲避敵人？榎田決定一面吃晚飯，一面慢慢擬定對策。他邁開腳步，前往源造的攤車。

離開蓋茲大樓，走了幾公尺以後，榎田突然察覺到一股氣息而停下腳步。

——有人跟蹤。

似乎不是多心，有人跟在後頭。或許是「.mmm」的刺客。

「……這麼快就來了？」

榎田喃喃自語。根本沒時間擬定對策。

地點太糟了——他如此暗想。這裡是行人稀少的小巷，簡直像在歡迎別人偷襲一樣。

榎田再度邁開腳步。

「——喂！」

背後突然有人呼喚他。

榎田回過身來，轉過視線，只見一個長得凶神惡煞的男人站在那兒。雖然不及馬丁內斯，但仍然是個彪形大漢。他手上握著鐵管，顯然是從事地下行業的人。果然是「.mmm」派來的刺客嗎？

「……找我有什麼事嗎？」榎田詢問，雖然對方的用意他已經猜出十之八九。

男人打量榎田，露出賊笑說：「這小子值五百萬？太好賺了。」

——五百萬？

榎田正要追問是什麼意思，但對手動了，吼叫著衝過來，榎田連忙往後退。

男人舉起鐵管襲來，榎田迅速地壓低身子，躲過攻擊。

鐵管砸上混凝土牆，發出「鏗！」的尖銳聲響。

男人展開下一波攻擊，朝榎田扔出武器。情急之下，榎田往右倒，躲過武器，但攻勢尚未結束。男人逼近眼前，握住拳頭，朝著榎田的臉部揮去。

躲不開了。

榎田交叉雙臂護住臉部。男人的拳頭打中前臂，骨頭有種咿軋作響的感覺。

「好痛！」

一陣劇痛竄過手臂，榎田咬緊牙關。他承受不住這一拳的勁道，瘦弱的身軀整個彈開，倒在混凝土地上。

當榎田試圖起身時，男人已經撿起鐵管，用力朝榎田的腦袋揮落。再這樣下去，會被男人打個正著。

榎田皺起眉頭心想，糟了。

就在這時候——

突然有道人影竄入視野。

身穿黑衣的男人站在榎田身前護著他，右手拿著一把長長的物體。是日本刀。只見他大刀一揮，砸落歹徒手上的鐵管。

意想不到的救星現身，榎田不禁睜大眼睛。

男人又用日本刀柄銳利地刺向手無寸鐵的對手心窩。歹徒微微地呻吟一聲，當場倒下來，似乎昏倒了。

「——沒事唄？」

男人回過身來，朝榎田伸出手。那是熟悉的博多腔。

榎田握住他的手，一面起身一面輕聲呼喚他的名字。

「……馬場大哥。」

「真是好險呀。幸好趕上了。」

他似乎不是碰巧經過的。聽他的口氣，像是知道榎田會被人攻擊。

見榎田一臉詫異地凝視自己，馬場詢問：「你看過地下求職網了麼？」

地下求職網是匯聚了犯罪情報與委託的地下網站。

「沒有……」

「小林沒傳郵件給你麼？」

「郵件？」

榎田拿出手機，確認收件匣。

「啊！」

林憲明確實寄了封信給他，主旨是「快看這個」，郵件內文是個網址。

連過去一看，是「地下求職網　福岡版」的某個頁面。榎田瀏覽上頭的留言。

懸賞五百萬圓捉拿這個男人。

特徵：身高一百六十五至一百七十公分，體格偏瘦，金髮

現在位置：福岡市博多區中洲3丁目7－24　蓋茲大樓5F

「……這不是我嗎？」

網頁上還周到地附上照片。是榎田待在網咖裡的照片。

「沒錯，有人懸賞抓你。」

——懸賞五百萬圓。

榎田恍然大悟。原來剛才攻擊他的歹徒所說的就是這件事。

榎田把視線轉向昏倒的男人。這個男人似乎是為了錢而攻擊他，大概是獎金獵人之類的。

「而且連我現在的位置都曝光了。」

所以才會被獎金獵人攻擊。反過來說，馬場也是因此才能趕來救他。

「總之，繼續待在這裡太危險了。」馬場旋踵說道。「快逃唄。」

『有人懸賞那個蘑菇頭。』

打電話來的林劈頭就是這句話。

網路上似乎刊登了榎田的資訊。林想打電話通知榎田，卻一直是通話中，電話打不通，無可奈何之下，只好傳郵件給他——林是這麼說的。

接到電話的馬場立刻開車趕到榎田身邊。說來萬幸，他順利與榎田會合了。

兩人回到車邊，馬場讓榎田坐上副駕駛座，自己則是坐進駕駛座，一面繫安全帶一面詢問：「你這次又招惹到誰啦？」

誰曉得？榎田聳了聳肩。

「我招惹過的人太多了……或許是『.mmm』幹的也說不定。」

「『.mmm』？」

「專門暗殺駭客的組織，聽說他們透過諜報員四處剷除礙事的技術員和駭客，macro-hard 也是死在他們手上。我才剛得知我也是他們的目標之一，實在是太巧了。」

號誌轉為紅色，馬場踩下剎車，行人紛紛通過斑馬線。馬場趁著這個空檔打開收音機，職棒比賽的實況轉播聲傳來。

『投手投出去！滑球，揮棒落空，三振！』

「總之得先把這篇留言刪掉。」

只要地下求職網上的留言消失，他應該就不會被獎金獵人追殺了。

榎田從包包中拿出筆記型電腦，匆匆敲擊鍵盤。

「我之前入侵過這個伺服器，當時就留了扇後門，這次應該可以輕鬆入侵——」

片刻過後，榎田的手指倏地停住。

「……上當了。」

身旁傳來咋舌聲。

「怎麼了？」

馬場詢問，瞥了副駕駛座一眼，只見榎田呆若木雞，臉色一反常態地發青。

「——是陷阱。」

太大意了。

榎田猛抓腦袋，瞪著電腦螢幕。

懸賞五百萬圓捉拿這個男人。

特徵：身高一百六十五至一百七十公分，體格偏瘦，金髮

現在位置：33.598095, 130.406677：21點34分時

榎田一發動攻擊，地下求職網上的留言就產生變化。位置資訊更新了，記載的座標是昭和路——換句話說，正是榎田現在所在的位置，這輛車停下來的地點。

「陷阱？」馬場歪頭納悶。

「我想刪掉留言，結果被擺了一道。」

即使刪除留言，又會出現新留言，而且還附帶最新的位置資訊。

「大概是放了病毒吧。只要我試圖刪除留言，便會更新位置資訊。八成是從存取點鎖定我現在的位置。」

「唔……換句話說，是啥意思？」

「只要一連上網，就會洩漏我的所在地。」

「……原來如此。」馬場沉吟道：「這可糟糕了。」

看了網站的獎金獵人，現在應該正朝著這裡而來。

「先隨便亂跑，甩掉他們吧。」榎田拜託馬場。

馬場點頭，踩下油門。「這麼說來，你別上網就行了？」

「這正是敵人的目的。」

只要奪走電腦，駭客就只是個普通人，無法攻擊對手。

「換句話說，我的駭客本領被封印了。」

「傷腦筋。」馬場喃喃說道，轉動方向盤。

沒錯，真的很傷腦筋。

正如馬場所言，要甩掉追兵，必須丟掉電腦，但是這麼做，就等於赤手空拳單挑全副武裝的敵軍。

如果能反過來利用對手的陷阱——

『——比賽在同分的狀態下來到第九局。』

不知幾時間，比賽邁入最後一局，首位打者獲得四壞球保送上壘。

『無人出局，一壘有人。現在打算怎麼辦？打者並沒有擺出短打姿勢。』實況主播連珠炮似地說道。這是電台轉播特有的節奏。『投手投了出去，直球，打擊出去，二壘方向滾地球！』

榎田沉默下來，聆聽轉播。

『哦，一壘跑者停下來了！觸殺，傳向一壘！』播報員興奮地說道：『跑者出局，一壘來不及封殺，安全上壘！』

身為職棒退役選手的解說員開口說道：『如果傳向二壘就能雙殺了。』

『見跑者在眼前停下來，壘手忍不住就去觸殺他了。』

『一壘跑者成功地發揮誘餌的作用。』

——誘餌。

榎田猛然醒悟。

對喔，還有這一招。

「——馬場大哥，停車。」

「咦？」

「讓我在這裡下車。」

馬場依言把車停在路肩，同時，榎田滑下副駕駛座。

「一個人沒問題唄？」馬場一臉擔心地詢問。

「需要幫忙的時候我會聯絡你。」

說著，榎田轉過身。

「——榎田老弟。」馬場用銳利的聲音叫住他。「這個給你。」

馬場從車窗扔過來的是一頂淺粉紅色的棒球帽，上頭繡有「R」字。是博多豚骨拉麵團的球帽。

「你的髮型太顯眼了。」

「……你的好意我心領了。」榎田把帽子扔回去。「我不喜歡戴帽子。」

馬場啼笑皆非地微微一笑。

以駭制駭。

如果無法入侵伺服器刪除留言，那就癱瘓整個伺服器。方法很簡單，DDoS攻擊——使用大量殭屍電腦集中連接網站，讓網站陷入無法瀏覽的狀態。在網路恐怖攻擊的手法中，這是最基礎的一種。

伺服器一旦癱瘓，誰都無法瀏覽網站。在修復之前的這段期間，便能甩掉那些獎金獵人。

和馬場道別後，榎田抱著電腦拔足疾奔。他的目的地是與市營地下鐵中洲川端站相通的蓋茲大樓。他需要一個可以專心工作的地方。榎田在大樓中穿梭，逃進男用廁所。

他進入隔間、鎖上門，坐在馬桶蓋上，在膝蓋上打開電腦，立刻開始入侵。

喀噠喀噠的鍵盤敲擊聲響徹安靜的廁所。

突然，外頭出現人的氣息。男人的腳步聲響起，似乎有人進入廁所。

腳步聲在榎田所在的隔間前停下來。

——又是追兵嗎？

他的行蹤依然被摸得一清二楚。

接著，門開始喀嚓作響。有人在撬鎖。榎田忍不住斂聲屏息。

不過，這麼做只是白費功夫。自己的位置早就因為打字聲而曝光，追兵僅有一門之隔。然而，榎田不管三七二十一，繼續入侵。

過一會兒，聲音改從頭頂上傳來。榎田心下一驚，抬頭觀看。天花板與門之間約有五十公分的空隙——可看見男人的雙手。有人攀住了門。

面對這宛若恐怖電影般的光景，榎田一陣愕然。

這個男人該不會是打算從門縫爬進來吧？

五局下

「對方好像察覺我們的計策了。」

只要在網路上散播 blackleg 的情報，blackleg 一定會入侵伺服器，刪除留言。趁這個機會反擊，就是諸葛的計策。

果不其然，blackleg 中計了，反駭成功。由於感染了濕婆植入的病毒，blackleg 一連上網，便會洩露目前的所在位置。只要從存取點鎖定現在位置，就能輕易追蹤對方的動向。

精心設下的陷阱奏效，這下子對手落到了後手。打網路戰，進入守勢的一方往往會陷入壓倒性不利的狀態。

只要奪走對手的電腦，事情就好辦。blackleg 只能拿著化為機械塊的電腦逃竄。

「好，我倒要看看他能逃到什麼時候。」

濕婆房裡的十台螢幕之一顯示了福岡市的地圖，地圖上有個到處移動的紅點，就是 blackleg。

現在位置：33.593075, 130.406278：21點45分時

blackleg似乎在中洲，諸葛已經派井良澤前往，現在應該抵達了。

地圖上還有一個藍點，代表的是井良澤的位置。兩點之間只有十幾公尺的距離。

「井良澤。」諸葛聯絡井良澤。「那小子進入蓋茲大樓了。」

『我這就過去。』

找到blackleg只是時間的問題。

過一會兒，井良澤回覆：『找到他了，躲在廁所裡。』

「好，抓住他。」諸葛下令。

然而，沒有回應。

「怎麼了？井良澤。」諸葛再度呼叫。

數秒後——

『王八蛋！』話筒另一端傳來井良澤的咋舌聲。『被他逃走了。』

諸葛和濕婆面面相覷。

「……被他逃走了？」短短幾秒間究竟發生什麼事？「怎麼回事？」

『停電。他躲在廁所的隔間裡，我也在場，可是突然變得伸手不見五指。等到燈又亮起來的時候，他已經不見了。』

「八成是 blackleg 駭進大樓的電力系統，引發停電吧。」

「他摸黑逃走了？」

「不，還在附近。」濕婆瞥了地圖上的紅點一眼，如此說道。blackleg 確實還在附近遊蕩。「他好像正往車站方向走。」

地圖上的紅點逐漸移動。諸葛命令井良澤追趕。

片刻過後——

「……停住了。」

現在位置：33.5940983, 130.40556712：21點48分時

現在位置：33.5940983, 130.40556712：21點50分時

現在位置：33.5940983, 130.40556712：21點52分時

現在時間是晚上九點五十二分，blackleg 並未離開中洲川端站。

「井良澤。」諸葛再度呼叫：「他在車站的廁所裡。剪票口前頭。」

『我馬上就到。』

諸葛把視線轉向畫面。藍點正在移動，紅點依然留在原地，一動也不動，並沒有逃走的跡象。「blackleg 在幹什麼？」

「應該是在弄這個。」

濕婆操作另一台電腦，似乎是在連接地下求職網。

然而——

瀏覽人數過多

畫面中央顯示錯誤訊息，連不上網站。

「伺服器掛掉了。」

「現在網站正受到攻擊。」

「是 blackleg 幹的？」

八成是 blackleg 發動 DDoS 攻擊，讓地下求職網陷入無法瀏覽的狀態。只要網站無法開啟，他就不會被獎金獵人追殺。

blackleg 停止移動，是為了攻擊網站嗎？

不過，就算擺脫了獎金獵人，仍是瞞不過諸葛他們的追蹤。

現在位置：33.5940983, 130.4056712：21點53分時

諸葛刷新了對方的位置資訊，再次觀看地圖。blackleg 依然沒動，紅點與藍點之間的距離大約是兩、三公尺。井良澤已經逼近 blackleg 的眼前。

「井良澤，他就在附近。」

藍點即將與紅點重疊。

「就在前面。」

終於到了這一刻。井良澤即將與 blackleg 接觸。

誰知道——

『……沒人。』井良澤喃喃說道：『他不在。』

「……什麼？」

諸葛懷疑自己的耳朵。

『廁所裡沒有人，只有一台電腦放在隔間裡。』

這是怎麼回事？諸葛皺起眉頭。blackleg 確實在那兒，地圖上標示出他的現在位置。這次明明可以逮住他，他卻消失無蹤，只剩下電腦。

這麼說來，莫非……

「是誘餌？」

原來他們居然像傻瓜一樣追著丟在廁所裡的電腦跑？

不，不可能。剛才 blackleg 明明就在這個地方操作電腦啊。

blackleg 為什麼不見了？他跑去哪裡？

難道發動 DDoS 攻擊時，blackleg 就已經丟棄電腦了嗎？

「那他是怎麼發動攻擊的——」

沒有電腦，要如何發動攻擊？

莫非……諸葛倒抽一口氣。

「——上當了。」諸葛察覺了，他只想得到一個方法。「是病毒。」

那小子打從一開始就是這麼計畫的。

「blackleg 在自己的電腦裡植入遠端監控病毒。」

六局上

同一時間，榎田已經搭乘地下鐵離開中洲，混入人群之中，走在天神的街道上。他再三回頭，確認背後沒有追兵。

作戰計畫似乎成功了。

即使讓網站陷入無法瀏覽的狀態，只要懸賞的人知道自己的下落，就沒有任何意義。因此，榎田拿自己的電腦當誘餌，把植入遠端監控病毒的電腦藏在廁所裡，藉此謊報自己的所在地，並趁對方的注意力全放在電腦上時移動到其他場所，透過遠端操控癱瘓了地下求職網的伺服器。

榎田看了時鐘一眼。網站伺服器差不多該復原了，而敵人也該察覺他的計策。敵人扣押並徹底清查充當誘餌的電腦，只是時間的問題而已。對方必定會重整陣腳，再次追蹤榎田。

必須先設法讓獎金獵人的注意力從自己身上移開。追兵越少越好，這樣行動起來也比較方便。

榎田連上剛復原的地下求職網，打開留言欄位，立刻輸入文章。

『懸賞一千萬圓捉拿這個男人。』這是下一個誘餌。

「加油吧，齊藤老弟。」

榎田喃喃說道，按下送出鍵。

好，對方接下來會如何行動？必須預測對手的配球。會投什麼球？投向哪裡？直球？變化球？內角球？外角球？

榎田自問：「如果我是敵人，我會怎麼做？」

自己的電腦已經落入敵人手中，對方一定會循著電腦追蹤，入侵手機。通話、簡訊和網頁的瀏覽紀錄八成都被對方監控了。

如今唯有出其不意、攻其不備一途。敵人掌握了自己的所有動向，有沒有反將一軍的方法？

要引對手輕忽大意，必須先讓對手占得上風。就好像比數差距過大時，領先一方便會刻意保留投手的實力，從容應戰。要讓對手誤以為他們是大幅領先。表面上讓敵人掌握自己的動向，以安其心，這麼一來，對方必定會產生輕慢之心，而榎田只須暗中行事即可。

他需要幫手，需要在敵人的視野外配合他行動的優秀夥伴。

首先，他必須瞞著敵人與夥伴接觸。

榎田立刻開始編輯郵件。

『謝謝你的禮物，我很喜歡。』

『你說下次要請客對吧？我想吃燒肉。』

『關於慶功宴，我已經訂了國體道路上的店，十一點開始。』

『之前在雁巢的比賽，大和那記盜壘很漂亮。』

收件人各不相同。榎田同時寄出編輯好的郵件。

諜報戰不一定要使用高科技，從前的間諜可是用鴿子在互通消息。

即使沒有電腦，也有其他辦法——更簡單、更原始的辦法。

這一天，齊藤的心情非常好。

自從誤入殺人承包公司以後，他的人生就是一路走下坡，莫名其妙地被殺手追殺，過著與危險比鄰的生活。

不過，現在總算能和這種波濤洶湧的生活說再見。他終於找到工作了，而且這次是在福岡小有名氣的普通企業。

「太好了，恭喜你。」接獲齊藤報告的源造微微一笑，眼角滿是皺紋。「來，我請客。」

齊藤接過源造遞來的祝賀酒，露出靦腆的笑容。「謝謝。」

「這是第二人生的開始呀。」

齊藤與源造乾杯，喝了口啤酒。這是個美好的夜晚，他很久沒有喝到如此美味的酒。實在太開心了，因為他終於能夠當一個普通的上班族。

公司要他「明天立刻來上班」，可不能頭一天上班就遲到出醜。喝太多不好——齊藤如此暗忖，提早結束慶祝會，離開源造的店。

他帶著些微醉意走在中洲的街道上。晚風十分舒爽，他的心情很安詳，就連倒在路邊的醉漢與吵鬧的大學生團體都沒放在心上。

家就在眼前，早點回去，為明天上班做準備吧！齊藤加快了腳步。

彎過轉角時，突然有道人影竄入眼簾。有個男人站在公寓前，是個相貌凶惡、高頭大馬的男人。

男人一看見齊藤便露出賊笑。

「——你就是齊藤吧？」

不知何故，男人的口中冒出自己的名字。

「……啊？」

齊藤張大嘴巴，歪頭納悶。對方是個陌生人，為何知道自己的名字？

仔細一看，男人握著鐵管。齊藤有種不祥的預感。

「終於找到你啦，懸賞一千萬圓的通緝犯。」

「咦？」

……他剛才說什麼？

齊藤皺起眉頭。「通緝犯？」

「一個叫做地下求職網的網站上刊登了你的消息，說只要抓到你就給一千萬。」

「……啊？」

地下求職網，一千萬——簡直是晴天霹靂。到底是怎麼回事？

醉意一口氣消退。發生了什麼事？自己並沒有做任何會遭人懸賞的事啊……難道是殺人承包公司懸賞的？不，不會吧！

男人逼近滿腦子混亂的齊藤，齊藤連忙往後退。

「等、等等，請等——」

「認命吧！」

下一瞬間，對方舉起鐵管攻過來。

「嗚！」

齊藤發出尖叫，慌忙逃走。

到底是怎麼回事？發生什麼事？

＊

馬場回到事務所，是在林打電話的三十分鐘後。林原本以為馬場會帶著榎田回來，誰知只有馬場一人。

「那個蘑菇頭呢？」林問。

「跑去其他地方了。」馬場聳了聳肩。「他好像有啥計策。」

「計策……」

林知道榎田的腦筋很好，不過，就算他再怎麼古靈精怪，終究是個手無縛雞之力的駭客，若是遇上獎金獵人或殺手，便是壓倒性的不利，鐵定會遭到暴力制伏。駭客技能在肉搏戰中派不上用場，電腦也成不了武器。

「他沒有刪除留言啊？」

林瞥了自己放在事務所裡的電腦一眼。地下求職網的網頁上仍然留有關於榎田的留言。以那個男人的技術，入侵伺服器刪除留言應該易如反掌才是。

「好像刪不掉，如果要刪，他的位置資訊就會被更新。」

接著，馬場說明了來龍去脈。

林大概明白了。敵人的目的是封鎖榎田的駭客技能，將他孤立於網路之外，削弱他的攻擊力，卸去他所有防備。

實際上，這個方法似乎奏效了。林凝視網站上的留言。榎田的位置資訊持續更新了一陣子，後來卻停止，代表榎田一直停留在同一處，或是把電腦丟棄在某處。

「……那個蘑菇頭在幹什麼？」

林歪頭納悶。就在這時，他的手機響起。

林立刻按下通話鍵。「喂？」

『你知道榎田先生在哪裡嗎？』

這個聲音是齊藤？

「幹嘛啊？沒頭沒腦的。」林皺起眉頭。「連招呼都不打一聲。」

回覆的是急迫的聲音。『我有事找榎田先生，可是聯絡不上他！』
那當然——林如此暗想。現在榎田應該沒空慢慢講電話。
「那小子現在很忙，這陣子大概很難找到他。」
『怎、怎麼會……』齊藤的聲音帶著淚意。
「怎麼了？」
『我也是一頭霧水，網路上好像寫了關於我的事！說抓住我就給一千萬……』
「啥？」林心下一驚。「該不會……」
林連忙轉向電腦，打開地下求職網的首頁，在搜尋欄打上「一千萬」三字，開始搜尋。
他立即找到一則留言。

懸賞一千萬圓捉拿這個男人。
姓名：齊藤
特徵：二十歲出頭，體型偏瘦，身高約一百七十五公分左右
住址：福岡市中央區春吉3丁目　春吉社區403號室

還附上齊藤的大頭照。

齊藤現在八成正在四處逃竄，躲避獎金獵人的追殺。難怪他如此慌張。

『我必須拜託榎田先生替我刪除留言……』

「沒用的。」林半是嘆息地回答：「這八成是榎田幹的好事。」

『啊？』

「總之，你先找個地方躲起來吧。去重松家避難也行，千萬別出門。」

『怎麼這樣！』齊藤大呼小叫。『我明天就要開始上班──』

林掛斷電話。

「怎麼啦？」馬場窺探林的臉龐。「齊藤老弟說啥？」

「那個蘑菇頭拿齊藤當誘餌。」林把電腦螢幕轉向馬場。「你看這個。他懸賞自己的兩倍獎金抓齊藤。」

透過製造新目標，把獎金獵人的注意力從自己轉移到齊藤身上。真是個令人傻眼的男人。

「一般人會拿朋友當誘餌嗎？」

「哎，我想榎田老弟應該有他的打算唄。雖然他偶爾會背叛朋友，但絕不會捨棄朋友。」

「最好是這樣。」原來這就是他的計策？林沉吟道：「以那小子而言，這招未免太沒計畫了。」

總之，先聯絡重松吧。在林再度將視線轉向電話時，他發現信箱收到了新郵件，而且寄件人是榎田。

「蘑菇頭寄信給我。『關於慶功宴，我已經訂了國體道路上的店，十一點開始。』」還附上店的地圖。

「呀，他也有寄給我。」馬場也打開手機。「『之前在雁巢的比賽，大和那記盜壘很漂亮。』」

林和馬場各自念出郵件內文，不約而同地歪頭納悶。

「這封信是什麼意思？」

「就是說呀。」

在被人追殺的狀況下，應該沒有閒情逸致慢慢寫信，那小子到底在想什麼？越來越搞不懂了。

「是啥慶功宴呀？」

「誰曉得？」林毫無頭緒。「是不是傳錯人啦？」

「不。」馬場搖頭。「別的不說，先前比賽中，大和老弟的盜壘是失敗的呀。」

這麼一提，確實是如此。在先前比賽中盜壘成功的只有榎田與馬場兩人。

「這麼說來，這封信是——」

「大和，盜壘，國體道路，十一點……」馬場喃喃自語，隨即揚起嘴角。「原來如此，是這麼一回事呀。」

「怎麼回事？」林不解其意。

「榎田老弟說過：『需要幫忙的時候我會聯絡你。』」聯絡——這麼說來，這封信就是那個男人的ＳＯＳ？

「……難道這是暗號？」

「沒錯。」

那個男人會兜這麼大一圈聯絡，一定有他的理由。或許是手機被敵人監聽了，所以才在郵件內文上動手腳，只有朋友才看得出他的用意。

「——呀，喂？大和老弟。」馬場立刻打電話。「我有事要拜託你。」

六局下

「遠端監控啊……不愧是 blackleg，好厲害。」濕婆大為讚嘆，臉上卻有不甘心之色，總是掛在臉上的笑容也有些僵硬。

「看來他是使用自製的惡意軟體從手機發出指令。」

趁著大樓停電時，blackleg 將病毒植入電腦，並將電腦留在廁所裡，自己則是離開中洲川端站。接著，他在安全的地點進行遠端監控，製造自己仍留在車站裡的假象。

居然把營生工具當成誘餌，可說是捨身作戰的極致。

「他大概是想爭取時間吧。哎，無所謂，只要攻擊手機就行了。」

濕婆再次把精神集中至畫面上，猛烈地敲擊鍵盤。

「請看。」

濕婆似乎順利地深入對手陣地，其中一台電腦螢幕顯示出 blackleg 的手機日誌檔。

「他好像寄了幾封信，收件人都不一樣。」

諸葛也凝視畫面。確實，blackleg 在幾分鐘前寄出了幾封信。

『謝謝你的禮物，我很喜歡。』、『你說下次要請客對吧？我想吃燒肉。』、『關於慶功宴，我已經訂了國體道路上的店，十一點開始。』、『之前在雁巢的比賽，大和那記盜壘很漂亮。』乍看之下，每封都只是閒話家常，卻又不太對勁。

「……一般人會在這種緊要關頭寄信嗎？」

莫非是偽裝成閒話家常的暗號文字？又或是打算擾亂我方？兩種可能性都必須顧及才行。

「首先……」諸葛對濕婆下令：「破解手機的帳單資訊，查出他的帳戶，竊取信用卡個資，清查他的消費紀錄。」

「是、是。」

濕婆在另一台電腦前坐下，忙碌地動著手指。

片刻過後——

「有了，十分鐘前，他上網買了新幹線車票，是前往東京的。」

「他打算離開福岡？」

「明天早上六點半的班次。」

距離發車時間大約還有八小時。

「井良澤。」諸葛立刻打電話。「你待會兒去博多站，他或許會出現。」

『嗯。』

一掛斷電話，諸葛又歪頭納悶。

「……未免太草率了吧？」

諸葛仍然覺得不太對勁。blackleg 真的打算搭乘新幹線逃走嗎？

「啊，又有動作了。」濕婆叫道。信用卡的消費紀錄更新了。「他也買了機票，是前往釜山的。」

「這才是真的嗎？」

若是如此，只要搭上同一班飛機就好。

「不，不一定，或許這邊才是障眼法。」

blackleg 打算用哪個方法逃脫？新幹線？飛機？東京？釜山？

又或者他另有目的？也許他是打算將我方的注意力一分為二，藉機甩掉追兵。

若是如此——

「查出 blackleg 的位置，把他抓起來。」

用不著等待對方行動，我方主動出擊即可。

「他現在人在哪裡？」

濕婆停下手指。「不知道。他好像關機了。」

「就算關機了，還是可以透過啟動項追蹤吧？」

「不行，他大概是用了可以阻隔訊號的手機套。」

「……防駭對策嗎？」

通訊、GPS和微弱的訊號全被隔絕，就無法追蹤了。

既然如此——諸葛下達下一道命令。

「破解市內的監視器控制系統，靠影像追蹤。」

諸葛望著消費紀錄。blackleg 於幾分鐘前在一間營業至深夜的大型書店買了文庫本，地點在中央區今泉一丁目。若是真的，現在周邊一帶的監視器應該會拍到他。

「我已經在進行。」

說著，濕婆敲擊另一台電腦的鍵盤。畫面切換，映出的是福岡市內的天神街景。那是設置在市內各地的監視器影像。

「——找到了。」

畫面邊緣映著一個髮型奇特、裝扮花俏的青年。白金蘑菇頭，醒目的黃色連帽上衣和紅色修身褲。是 blackleg，錯不了。

「好，盯住他。為了慎重起見，繼續監控手機和日誌檔。」

他們利用監視器的影像繼續追蹤 blackleg。

畫面頻頻切換。

blackleg 走在人群裡，是國體道路一帶。路上，他和一個年輕男人相撞，男人在擦身而過之際低下頭，似乎在說「對不起」。

「他打算去哪裡？」

「誰曉得？」

blackleg 不斷更換地點。

深夜營業的咖啡廳、影片出租店、超商，似乎是在人多的地方四處遊蕩。應該是為了避免被攻擊而採取的對策。

既然如此，只能趁他落單的時候下手。

「暫時觀察一下情況吧。」

七局上

在天神的投幣式停車場等待幾分鐘後，大和出現了。他似乎是在工作中偷溜出來，頭髮和平時一樣抓得半天高。

「我照著你的吩咐扒來了。」

大和遞出皮夾。

「辛苦你啦，大和老弟。」

馬場慰勞大和，大和則是一臉詫異地問：

「這是在演哪一齣啊？」

突然把他叫來，要他「裝作陌生人扒走榎田的錢包」，也難怪他如此困惑。

「哎呀，遇上一些狀況。」

馬場含糊其辭。他沒時間說明。

大和，盜壘，國體道路，十一點——十一點在國體道路的指定店家前安排大和偷皮夾，這就是榎田的指示。馬場立刻派大和前往指定地點。

正如馬場所料，榎田來到了指定地點。

大和的表現十分完美。他若無其事地走在路上，不著痕跡地靠近迎面走來的榎田，在擦身而過時輕輕撞上榎田，扒走皮夾。「啊，對不起。」當他微微低頭致意的時候，榎田的皮夾已經在他的懷裡。

林等人立刻確認皮夾的內容物，裡頭沒有鈔票。

「那傢伙真窮酸。」大和笑道，不過榎田應該是刻意將錢抽走了。

取而代之的是一張紙。折疊起來的白紙上洋洋灑灑地寫了一大段文章，似乎是榎田的字跡。

標題寫著「劇本」二字。

「什麼劇本啊？」林歪頭納悶。「那個蘑菇頭要演戲嗎？」

林完全搞不懂榎田在想什麼。不過，依榎田的作風，鐵定是有什麼計策。

總之，現在只能照著他的吩咐去做。

榎田刻意挑選人多的場所，避免落單。與其避人耳目，不如故意暴露在大庭廣眾之下，敵人反而難以出手。咖啡廳、影片出租店、超商——榎田四處閒晃，打發了一小時的時間以後，才進入位於平尾的家庭餐廳。

他只點了飲料吧。

榎田已經透過大和傳遞指示，現在馬場他們應該正按照計畫行動，接下來，只要等待時候到來即可。榎田打開了剛買來的文庫本消磨時間。

時間一分一秒地過去。

客人上門又離去。

這是第三杯咖啡了。不知不覺間，榎田入店以後已經過了三十幾分鐘。

為了掌握客人出入家庭餐廳的狀況，榎田坐在看得見店門口的位置。門開了，客人走進店內。榎田抬起頭來，轉過視線——是兩個年輕女孩，大概是大學生吧，似乎不是刺客。

接著走進店裡的是一個矮小的男人，深戴帽兜，看不見臉部。他也不是敵人。榎田把視線移回手上的文庫本。

時間緩緩流逝。

周圍一片安詳，沒有敵人來襲的跡象。店裡有好幾個客人，店員也四處走動，在這樣的狀況下，敵人應該無法發動攻擊。

榎田打開智慧型手機的電源，畫面上顯示現在的時間。不知不覺間，日期已經改變，馬場也差不多該打電話來了。接下來只須在這裡等他到來，與他會合即可。一切都進行得很順利，全照著計畫進行。榎田的嘴角上揚。

七局下

blackleg 最後來到一家二十四小時營業的家庭餐廳，客人絡繹不絕，即使在深夜，店裡依然燈火通明。

blackleg 似乎打算一直待在這裡。他並未躲藏，而是選擇到人多的安全場所避難。

「他大概打算在這裡耗到出發時間為止吧。」濕婆說道。

「是啊。」

「這個方法還挺聰明的，總比四處亂跑、消耗體力來得好。」

諸葛凝視著畫面。那是家庭餐廳設置的監視器影像，映出正在入口附近的靠窗座位上看書的 blackleg。

「他在用智慧型手機。」

關掉電源、被隔絕套保護的手機，不知幾時間放到了桌子上，現在似乎是處於開機狀態。

「或許是在等誰聯絡他。」

監視片刻之後，終於有動靜。

「電話打來了。」

如諸葛所料，blackleg 的手機響了。當然，他們已經針對手機進行監聽，對話內容聽得一清二楚。

『喂？』blackleg 接起電話。

『喂？』接著傳來的是一道男聲，大概是同夥。『是我。』

『嗯。』

『準備好了。我認識的託運業者會安排你搭上從博多港出航的貨船。』

『太好了，謝謝。』

『一小時後去接你。』

『好，我等你。』

——對話就在這裡結束。

blackleg 掛斷電話，站起身來，似乎是去上廁所。

「是逃亡計畫。」

原來他既不是要搭新幹線，也不是要搭飛機，而是要搭船逃亡。

不過，有件事令諸葛耿耿於懷。

「……奇怪。」諸葛歪頭納悶。「他是怎麼和同夥聯絡的？」

到目前為止，blackleg 並沒有任何可疑的舉動，既沒有和疑似同夥的人接觸，也沒有聯絡任何人。他是什麼時候擬定逃亡計畫的？

——……難道是那些郵件？

那些閒話家常的郵件之中隱藏著只有同夥明白的暗號嗎？

諸葛咂了下舌頭。他應該多加提防的。

說歸說，現在不是後悔的時候。

「要在博多港埋伏堵人嗎？」

「不。」諸葛否決濕婆的提議，再度陷入沉思。

blackleg 買了機票和新幹線車票，現在又多了偷渡出境的選項。哪個是真的？那傢伙打算循哪種途徑逃離福岡？

blackleg 八成察覺到敵方的入侵，所以才故意寄出那些東拉西扯的信。照這麼看來，飛機和新幹線應該是誘餌。不過，如果他也察覺到電話被監聽，那麼偷渡或許同樣是陷阱。更甚者，也許三者都是煙霧彈。

沒有決定性的憑據，不能輕舉妄動。不過，或許迷惑敵方、分散敵方注意力正是 blackleg 最大的目的也說不定。

時間限制是 blackleg 的同夥來接他前的這一個小時。

——在那之前，必須想個辦法才行。

此時，濕婆突然開口說道：

「blackleg 的同夥還有一個小時才會來接他，在這段期間，他是打算在這家店裡悠閒地看書嗎？」

「看他的樣子……」諸葛望著畫面。blackleg 仍在畫面中，似乎上完廁所回來了，正叼著吸管飲用剛倒來的碳酸飲料，並沒有離開的跡象。「應該是吧。」

「既然這樣，現在立刻殺進家庭餐廳不就好了？」

聽了濕婆這番話，諸葛皺起眉頭。「你的意思是要在店裡抓住 blackleg ？」

「是啊，在他的同夥來之前解決掉他比較好。」

「你要我在大庭廣眾之下綁架 blackleg ？」

這麼做一定會被人目擊，家庭餐廳的店員、客人等在場所有人都是證人。諸葛等人的犯罪行為以及身為諜報員的他都會留下痕跡。

「這麼做風險太大。」

「只要別讓任何人看見我們把他帶離餐廳就行了。」

「那是不可能的。」

「可能。」

濕婆斬釘截鐵地說道，諸葛不禁閉上嘴巴。

「我有個好辦法。」濕婆再次敲打鍵盤。「以牙還牙，用 blackleg 用過的手段對付他。」

「用過的手段？」

諸葛反問，濕婆瞇起眼睛。

「——讓店裡停電。」

在中洲的時候被擺了一道，眼前突然變得一片漆黑，blackleg 趁機逃逸無蹤。是井良澤太大意了，他沒想到對方竟會讓整棟大樓停電，藉機逃脫。

——不過，這回輪到自己還以顏色。

井良澤按照諸葛的命令，把車子停在家庭餐廳的停車場裡待命

『準備好了嗎？井良澤。』

右耳的耳機傳來諸葛的聲音，通訊狀況良好。

「嗯。」井良澤戴上夜視鏡，點了點頭。「隨時都可以上。」

他已經做好衝進店裡的準備。

根據諸葛他們所言，blackleg 逃進這間家庭餐廳，井良澤的工作就是抓住他。

『好。』諸葛下令：『濕婆，動手。』

『是、是。』濕婆的聲音從一旁傳來。他似乎開始入侵了，打字聲也同時響起。

數秒後，店裡的燈光突然熄滅。

就是現在——同時，井良澤也溜進店裡。

店內一陣騷動，客人因為突然的停電而大吃一驚，竊竊私語。似乎沒有人察覺井良澤入侵店內。

井良澤立刻實行計畫。他環顧四周，多虧了夜視鏡，周圍看得一清二楚。

有個蘑菇頭男子坐在入口附近的座位上。

——找到了，就是那小子，錯不了。

井良澤迅速接近男人，從背後架住他，男人身子一震，井良澤隨即用布摀住他的嘴巴。男人揮動手腳抵抗，但只是白費功夫。力量差距太大了，手無縛雞之力的駭客豈能逃離井良澤的束縛？

數秒過後，blackleg 安分下來，不知是不是迷藥發揮了作用，blackleg 垂下手腳，失去意識。

井良澤扛起虛軟無力的青年，來到店外，把 blackleg 扔進車子的後車廂裡。

過程僅僅花費一、兩分鐘。

井良澤雀躍不已。他想快點開始比賽，快點殺了後車廂裡的男人。他迫不及待，難以克制興奮之情，鼻息變得急促起來。

通訊依然持續著。井良澤向對方說：「——抓住他了。」

諸葛吞了口口水，看著餐廳停車場的防盜監視器影像，身旁的濕婆也凝視著畫面。

停電數分鐘後，井良澤抱著 blackleg 現身。

『抓住他了。』井良澤的聲音傳來，似乎有些興奮。

「沒被人看見吧？」

『嗯。』井良澤點頭。『沒問題。』

店裡仍處於停電狀態。井良澤坐上車子，離開停車場。

計畫成功了。

接下來只要刪去拍到井良澤的監視器影像即可。濕婆已經著手進行，應該馬上就能完成。

「好，做得很好。」

諸葛的聲音不禁上揚。

「接下來隨你處置，千萬別留下屍體啊。」

『我知道。』

井良澤的通訊就此中斷。

待井良澤收拾blackleg，像平時那樣把屍體交給業者處理完畢之後，這件工作就結束了。

「……太好了。」諸葛喃喃說道，握住拳頭。

「太好了。」濕婆停下打字的手，對諸葛露出笑容。「我這邊也完成了。」

「嗯，很順利。」

鬥贏了那個大名鼎鼎的blackleg——這個事實讓諸葛的情緒一反常態地高昂。

八局上

到了約定時間，馬場來到指定的家庭餐廳。他預定和榎田在這裡會合。

馬場把車停在停車場裡，踏入店內。

「歡迎光臨。」

年輕的女店員笑著迎接他。

「一位嗎？」

「呀，不，我和人約好在這裡見面……」馬場一面回答，一面環顧店內。

榎田應該在店裡等候，卻不見他的人影。

「……哎呀？不在。」馬場歪頭納悶，喃喃說道。「榎田老弟跑去哪啦？」

榎田從來沒有爽約過。

他有種不祥的預感。

「……該不會……」

雖然林交代齊藤躲起來，但是齊藤辦不到。

因為今天有工作。這是他的人生東山再起的重大日子。

齊藤悄悄溜出藏匿他的重松家，前往自己居住的公寓。只剩幾小時就天亮了，他必須快點回家，做好上班的準備。

已經過了好一陣子，留言引起的騷動應該稍微平息了吧？那個男人也該死心了。

齊藤抱著樂觀的想法回到公寓，卻看見有個男人站在出入口。

「——終於回來啦？」

是昨天攻擊齊藤的那個獎金獵人。

「呃！」齊藤嚇了一跳，發出尖叫聲。

他的臉上血色全失。沒想到居然有人埋伏，沒想到對方居然這麼有耐心。

齊藤慌忙轉身逃走。

男人追了上來。「站住，混蛋！」

「哇啊啊啊！救、救命啊！」

齊藤一面大叫，一面在中洲的街道上拚命狂奔。男人窮追不捨。

逃了十幾分鐘，體力已經快耗盡。齊藤打算穿過窄巷，卻又停下腳步。

——是死路。

混凝土牆壁無情地阻擋齊藤的去路。

「救、救命啊！有沒有人——」齊藤用顫抖的手拿出手機，但是太遲了，男人已經逼近眼前。

完蛋了，必死無疑。齊藤的眼睛滲出淚水。

「這下子一千萬圓便到手了。」

男人伸出粗壯的手臂，抓住齊藤的腦袋。

「嗚！」

齊藤縮起身子，不禁怨恨起榎田。什麼「有個駭客情報販子朋友真好」，就是那個駭客把自己害得如此淒慘。

真是糟糕透頂。

在人生重新開始的日子裡，遇上了人生的危機。

八局下

井良澤家的車庫裡設置了一個用圍欄圍起的特設擂台，四方的鐵絲網直達天花板，場內無處可逃。

井良澤扛著矮小的青年上了擂台。那是個髮型奇特、看起來弱不禁風的男人，聽說是代號 blackleg 的頂尖駭客，但是對於井良澤而言，與尋常的獵物無異。

「——喂，起來！」

井良澤輕輕拍打青年的臉頰。青年醒了，用充滿戒心的表情瞪著他。

「比賽時間到了。」

「……比賽？」青年以嘶啞的聲音反問。

「我和你的比賽。」

對手搖搖晃晃地站起來，往後退開。他的步伐歪歪斜斜，藥效似乎尚未消退。

「來，上吧。」井良澤出言挑釁。「鑰匙在我身上，想逃就殺了我。」

只見青年一面遠離井良澤，一面戰戰兢兢地握住拳頭。那是什麼架式？井良澤險些失笑。一看對手的姿勢，他就知道對方並不習慣打鬥。

井良澤也擺出架式，興奮之情不言而喻。他想起了從前，心臟撲通亂跳。腦中的鈴聲響起，比賽開始——井良澤立刻拉近距離，給對手的身體一拳。

「嗚！」對手發出呻吟聲。

青年的身子晃了一晃，撞上圍欄。鏗！鐵絲網的咿軋聲響徹四周。

對手反擊了，朝著井良澤揮拳。那一拳虛弱無力，一點效果也沒有，簡直像在撫摸井良澤一樣。

井良澤往前踏出一步，把對手逼到牆邊，發動攻勢。他交互毆打臉龐與身體，凌虐對手。

「唔……」

最後則是往側腹揍了一拳。青年的瘦弱身軀彎成く字形，軟倒在地板上。或許是口腔破裂，男人吐了口混著血絲的口水在地板上，抱著肚子蹲下來，似乎痛得說不出話。

「……真沒意思。」

望著沒有反擊之意的對手，井良澤啐道。

對手摀著腹部，臉龐痛苦地扭曲，從長長的金色瀏海底下露出的眼睛看起來空洞無神。同樣是駭客，先前那個叫黑岩的傢伙還比較有骨氣一點。那個男人至少揮了幾拳，雖然嚇得發抖還是奮力對抗井良澤。

不過，這個男人完全不行，根本不像樣。和這種弱雞互毆，只是浪費時間而已，還是快點殺了他吧。

「有沒有遺言？」井良澤俯視著趴在地上的青年問道。

只見男人張開染血的嘴唇。

「……那些遊民也是你殺的？」

他的聲音細微又嘶啞。

井良澤很驚訝他知道這件事，但還是老實承認了。

「沒錯。」

反正他馬上就會死在自己手裡，就算被他知道也無妨。

「為什麼要殺他們？」

「不為什麼。」

只是因為井良澤喜歡虐殺別人。

「那你為什麼拔掉他們的牙齒？當作戰利品嗎？」

聞言，井良澤瞪大眼睛。

「……太驚人了，你居然連這個都知道？」

「天底下沒有我不知道的事。」

男人揚起滲血的嘴角，露出賊笑。

既然如此，那就更不能留他活命。

青年的視線移向圍欄外側。

「那些就是你殺掉的人的牙齒吧？」

視線前方的架子上擺放著好幾個小瓶子，是裝著人類門牙的瓶子，全是井良澤從殺害對象的嘴裡拔下來的。

「你的牙齒也會擺在那裡。」

「……哈哈，不用了。」

居然還笑得出來？真是個嘴硬的混小子，也不想想自己已死到臨頭。

井良澤用左手拿下固定在圍欄上的攝影機，右手握緊野外求生刀。

他騎在倒地的男人身上，邊拍攝對方的臉邊舉起刀子。

「——去死吧！」

就在這時候，電話突然響起。

井良澤倏地停下動作。手機在對手的口袋裡震動著。

井良澤一把搶過手機，按下通話鍵。

『嗨，榎田。』是個男人的聲音。

「你是誰？」

『……』井良澤一說話，男人便沉默下來，片刻過後，充滿戒心的聲音回答：『你又是誰？』

「你是這小子的朋友？」

面對井良澤的質問，通話對象再度沉默。

隔了數秒以後，對方說話了，似乎是在慎重地揀選言詞。

『我有事要找這支電話的主人，可不可以叫他來聽電話？』

「不行。」井良澤瞥了 blackleg 一眼笑道：「因為這小子快死了。」

『啥——』

對方大吃一驚，啞然失聲。

「別礙事。」

井良澤逕自掛斷電話。

為了安全起見，他關掉電源。這麼一來，對方就很難追查他的所在地點。

他把手機扔到地板上，轉向 blackleg。

「你的朋友不會來救你啦。」

「……好像是。」

「真遺憾啊。」再怎麼逞強也沒用的。「駭客沒有電腦，就只是隻弱雞而已。」

井良澤再度對著男人的瘦弱身軀揮落刀子。

九局上

榎田突然傳郵件告知「我想吃燒肉」，所以馬丁內斯立刻著手訂位。他常去的燒肉店是福岡的熱門名店，座位數量又少，必須訂位才行。

不知道該訂哪一天的什麼時候比較好？得問問榎田的時間才行。馬丁內斯立刻聯絡榎田本人。

「……打不通。」馬丁內斯皺起眉頭。「怎麼搞的？」

片刻過後，電話終於打通了。

「嗨，榎田。」

『你是誰？』

然而，傳來的並不是榎田的聲音。

馬丁內斯低聲反問：「……你又是誰？」

『你是這小子的朋友？』

馬丁內斯沉默片刻。這個男人究竟是誰？是敵是友？為什麼是他接聽榎田的電話？

想問的問題很多，但首要之務是確認榎田的安危。

「我有事要找這支電話的主人，可不可以叫他來聽電話？」

『不行。』男人笑道：『因為這小子快死了。』

「啥——」

『別礙事。』

電話掛斷了。

馬丁內斯立刻重撥電話，回應他的卻是語音：『您所撥的號碼現在——』

——關機了。

快死了？榎田嗎？難道他被敵人抓住？不會吧！

額頭上冒出令人不快的汗水。

「混蛋！」馬丁內斯咂了下舌頭，粗聲說道：「那個白痴，竟然失手了！」

九局下

井良澤傳送郵件過來，是在那一天的中午過後。諸葛在自家公寓的簡陋房間裡小睡片刻時，手機響起。

郵件中附上影片檔，下載一看，又是低俗的影片。播放的影片中映出一個蘑菇頭青年，正是 blackleg。

畫面中，井良澤不斷毆打對方，每挨一拳，男人的瘦弱身軀便軟倒在地，而當他搖搖晃晃地站起來時，井良澤又毫不容情地痛毆對方。

不久後，男人的動作停止，當場倒下來。他已經奄奄一息。井良澤一如平時，用左手拿著攝影機。青年的臉部被拍得一清二楚，除了長長的瀏海蓋住的眼睛以外。

井良澤的手臂在畫面邊緣晃動，反手握住的刀子朝著男人揮落，狂捅對方的胸口和肚子。鮮血噴出，將黃色連帽上衣染成鮮紅色。

諸葛中途便關掉影片。

「……明明叫他別寄給我了。」這個男人的嗜好還是一樣低俗。

無論如何，這下子任務總算結束。

——blackleg 死了。

「blackleg……」

諸葛在鴉雀無聲的房間裡喃喃自語。

直到看過井良澤寄來的影片，他心中才湧現真實感。

終於成功了。blackleg 死了。他贏過那個大名鼎鼎的駭客。

諸葛並不喜歡現在的諜報員工作，不過，即使技術與知識皆不如人，自己還是能像這樣扳倒能力優於自己的人——如今，這個事實支撐著他的尊嚴。

又一個才能出眾的駭客離開人世。雖然可惜，但是無可奈何。無法拉攏的人只能剷除，這就是「.mmm」這個組織——我國的方針。

沉浸於勝利的餘韻就到此為止，著手收拾善後吧。首先，諸葛支付了這次的酬勞給濕婆。當然，是用虛擬貨幣付款。這次同樣花了不少錢。

接下來只須向組織幹部報告即可。諸葛聯絡那個男人，前往博多站。

GAME SET……？

精彩畫面

諸葛一如平時，坐在博多口站前廣場的長椅上等候，但是幹部遲遲沒有現身。約定時間已經過了十五分鐘。

難道是發生什麼意外？就在諸葛開始起疑之際——

「嗨。」

一道年輕的男聲響起。

諸葛把視線轉向出聲招呼的男人，不禁瞪大眼睛。

「你、你——」

映入眼簾的是髮色鮮豔刺眼的男人——blackleg。

「暫停。」

blackleg 舉起手掌制止連忙起身的諸葛。

「勸你別輕舉妄動。」說著，他在諸葛身邊坐下來。「這些路人全是公安的人。那邊那個打掃的人，和那個看起來像是上班族的男人都是。你應該不想引人注目吧？」

blackleg 笑道。

諸葛的臉上浮現苦澀的表情，依言乖乖坐著。他擠出聲音詢問：

「……你怎麼還活著？」

「因為我根本沒死。」

——沒死？

不，不可能。這小子確實死了，被井良澤殺了，諸葛也收到證據影片，而且親眼看過。為什麼——

「……井良澤怎麼了？」

「井良澤？」

諸葛猛然醒悟。由於過度動搖，他竟然說出井良澤的名字。太大意了。

「哦，那個退役拳擊手啊？」

聞言，諸葛瞪大眼睛。

——這個男人全都知道了嗎？

「寄給你的影片是假的，真的在這裡。」

說著，blackleg 拿出平板電腦，將螢幕轉向諸葛。偌大的畫面映出影像，地點似乎是井良澤家。車庫裡的擂台，無處可逃的圍欄空間，blackleg 和井良澤相對而立，臉部和身體不斷被毆。

『你的朋友不會來救你啦。』

『……好像是。』

『真遺憾啊。駭客沒有電腦，就只是隻弱雞而已。』井良澤舉起刀子。『——去死吧！』

到這裡為止，都和井良澤寄來的影片一模一樣。

——不過，後來就不同了。

『遺憾的是你。』

畫面中的 blackleg 突然開口。他的語調變了。

『我不是駭客。』

接著，男人迅速拿出武器，反手握住，刺向井良澤的側腹。

井良澤在畫面中央痛苦掙扎。

這是形勢逆轉的瞬間。

blackleg 在這裡停下影片。

「對吧？我根本沒死。」

影片中的人，外貌與 blackleg 一模一樣。金髮、黃色連帽上衣，還有紅色修身牛仔褲。

雖然外貌相同，但顯然是另一個人。駭客不可能打得贏井良澤。

「那個男人是誰？」

「我認識的殺手。」

「殺手？」

「正好身高和我差不多，所以我拜託他來當我的替身。」

哎，不過我還是比他高了一點——blackleg 繼續說道。

「……這是怎麼回事？」諸葛皺起眉頭問道：「你們是什麼時候交換的？」

blackleg 的嘴角浮現笑意。「哎，說來話長。」

【劇本】

林（穿上蓋住頭部的衣服，前往平尾的家庭餐廳，暫時在餐廳裡待命。）
馬場（隨後打電話給榎田。）
榎田：「喂？」
馬場：「喂？是我。」
馬場：「我認識的託運業者會安排你搭上從博多港出航的貨船。」
榎田：「太好了，謝謝。」
馬場：「一小時後去接你。」
榎田：「好，我等你。」
榎田（掛斷電話，前往家庭餐廳的廁所。）
林（稍微錯開時間前往廁所。）
榎田、林（互換衣服，之後回到對方的座位。）
馬場（前往家庭餐廳與榎田會合。）

大和扒來的皮夾裡的紙上寫著這段文字。

「什麼劇本啊？」林歪頭納悶。「那個蘑菇頭要演戲嗎？」

劇本——換句話說，榎田要他們照著紙上所寫的去做。

這似乎是把林和榎田調包的作戰。

林皺起眉頭：「這回要拿我當誘餌？」

確實，比起只是個駭客的榎田，身為殺手的林被抓比較安全。

「唔……」馬場閱讀劇本，微微沉吟，顯得一臉不安。「行得通麼？」

然而，也只能照著榎田所說的去做了。林按照指示，做好準備，前往指定的家庭餐廳。

——七局上——

『一小時後去接你。』

「好，我等你。」

和馬場照著劇本說完台詞後，榎田便起身離席，前往餐廳角落的廁所。男用隔間是開著的。

他走進廁所裡，片刻過後，傳來一陣粗魯的敲門聲。

「喂，開門。」是林的聲音。

榎田打開門讓林入內。隔間雖小，但還足以容納兩個矮小的男人。林穿的不是平時的女裝，下半身是牛仔褲，上半身是連帽上衣，戴著帽兜。

「開始吧。」

榎田和林脫掉身上的衣褲與鞋子，互相交換。

「好窄喔，你過去一點啦。」

「已經沒空間了。」

「這樣很難換衣服耶。」

榎田一面抱怨，一面換上林剛才穿的衣服，深深地戴上帽兜。這麼做是為了隱藏他獨特的髮型。

「尺寸剛剛好。」

榎田把一個紙袋遞給穿上他的紅色修身牛仔褲與連帽上衣的林。裡頭是先前馬丁內斯給他的那頂假髮。

「來，戴上這個吧。」

「你是什麼時候準備了這種東西？」

「次郎大哥給我的。沒想到會在這種時候派上用場。」

林以專用的髮網束起長髮，戴上假髮，牢牢固定，以免脫落。假扮成榎田的林憲明就這麼完成了。

「不賴嘛。」榎田滿意地點了點頭。「一模一樣。」

「沒什麼好高興的。」林則是一臉不滿。「話說回來，這樣真的騙得了人嗎？」

「越是沉浸於高科技的人，越容易被古典的手法欺騙。」

榎田的裝扮十分獨特，所以容易假冒。

「他們是靠著記號辨識我。金髮，蘑菇頭，上衣是黃色的，褲子是紅色的——他們只會循著這些記號找我，所以一定會上當。」

依據林的描述，可知敵人使用的手法。對方八成會拿對付 macro-hard 那一套來對付榎田。擄走駭客，痛毆一頓之後再殺掉他。不過，敵人必定會瞧不起弱不禁風的駭客，因此輕敵。這樣的心態便是可乘之機。他們應該作夢也沒料到，抓住的男人居然是個殺手。

「來，這個給你。」榎田把自己的私人物品和紅背蜘蛛型發訊器交給林。「我會追蹤你，記得隨身攜帶。」

「嗯。」

林在鏡子前整理好儀容後，便握住門把。「那我該走了。」

若是在廁所裡停留太久，敵人或許會起疑。

「小心點。」榎田舉起一隻手來，掌心向著林。「祝你好運。」

林和他擊掌。「包在我身上。」

榎田目送林回到自己的座位之後，自個兒也在林的座位上坐下。

停電是在二十分鐘後發生的。當電燈再度亮起時，林已經消失無蹤。

——八局上——

「……該不會……」

馬場一面環顧家庭餐廳，一面喃喃自語。那小子跑去哪裡？

榎田不見人影，讓馬場有股不祥的預感。不過——

「馬場大哥。」店內深處傳來呼喚聲。「這裡、這裡。」

仔細一看，一個深戴帽兒的青年正在招手。

「搞啥，原來你在那裡呀。」面對離席走向自己的榎田，馬場露出苦笑。「你和平時穿得不一樣，害我認不出來。」

和林交換服裝的榎田，用帽兜遮住他的招牌蘑菇頭。

「計畫進行得如何？」

馬場詢問，榎田一如平時地回答：「順順利利，全按照預定計畫進行。」

「小林呢？」

「現在應該已經深入敵陣了吧。」

黑岩的針孔攝影機拍攝的影片揭露了敵方的手法：下藥迷昏再抓人。想必對方有個可以安全殺人的巢穴，因此林裝作被迷昏的樣子，故意被擒。

林帶著竊聽發訊器，所以榎田可以掌握林的所在位置和周圍的對話，接下來只要前往林被帶往的地點，把他救出來即可。

「我們也快點趕過去吧。」

榎田立刻結帳。

「——啊！」走出店門時，榎田突然想起一件事。「我居然完全忘掉了。」

「唔？」

「齊藤老弟還在當我的誘餌。」

「哎呀呀。」

榎田還沒把懸賞齊藤的留言撤下，現在齊藤八成在某個地方發抖吧。榎田向馬場借用電話。「喂？八木，我有件事要拜託你。」

⚾

齊藤拚命狂奔。

他努力逃離追趕他的歹徒，但說來不幸，眼前是死路。

他以為自己完蛋了，必死無疑。雖然過去曾數度化險為夷，但這次他的運氣真的用光了。

誰知——

「——嗚！」

突然傳來一陣哀號，是歹徒的聲音。

發生什麼事？齊藤瞪大眼睛。

眼前忽然出現一個瘦長的老人。打扮得活像在豪宅裡當總管的老人，一把扭住歹徒的手臂，接著又迅速給他一記手刀。

歹徒當場昏迷。

這個老爺爺究竟是何方神聖？齊藤目瞪口呆。

只見他微微一笑說道：

「齊藤先生……對吧？我正在找您。」

聞言，齊藤更加吃驚了。這個老人怎麼知道自己的名字？正在找您？難道這個老人也是想要自己項上人頭的獎金獵人？

他無視於臉色更加發青的齊藤，深深低頭致意。

「這次我們家少爺給您添了很多麻煩。」

「……少、少爺？」

齊藤張大嘴巴，歪頭納悶。究竟是怎麼一回事？

「感謝您平日對少爺的關照，這是一點小心意，還請笑納。」說著，他從懷裡拿出一束鈔票，照厚度看來，大約有一百萬圓。

「還有這個也請您收下。」老人遞了一盒梅枝餅過來。「是伴手禮，昨天我去了太宰府。」

「哦、哦……謝謝……」

齊藤姑且收下。

面對一頭霧水地愣在原地的齊藤，老紳士發出高雅的笑聲：「呵呵呵～」

——少爺……是誰？

——八局下——

「你的朋友不會來救你啦。」

「……好像是。」

「真遺憾啊。駭客沒有電腦，就只是隻弱雞而已。」

眼前的男人正要揮落刀子。

「遺憾的是你。」林倏地動了。「我不是駭客。」

他用藏在身上的武器刺穿男人的側腹。

「呃！」

對手又痛又驚地往後跳開。

林立刻站起來，重整陣腳，並環顧四周喃喃說道：「這種舞台真讓人懷念。」

他想起了從前，被圍欄包圍的空間。在設施長大的期間，他受過許多次在這類地方戰鬥的訓練。

「你打了我十拳。」林從長長的白金色瀏海縫隙間瞪著對手說道：「臉部四拳，腹部四拳，背部兩拳──我會加倍清算。」

好，反擊開始。

林迅速拉近距離，一拳打向對手搖晃的上半身。

「專挑軟柿子吃，還敢得意忘形。」

林趁著對手失去平衡時給了臉部一拳。這是第二拳。他又繼續交互毆打對手的臉龐與身體，同時在心中數著第三拳、第四拳。

打到第七拳時，男人瞪大雙眼叫道：「你、你是什麼人？」

「殺手。」

「難道你和那小子互換了？」

「你發現得太晚了。」

林嘆一口氣，一拳揍向對手的左臉頰。

臉部八拳，腹部八拳，背部四拳──接連把對手打得毫無反擊之力以後，林的右手再度握住武器。「我和你不一樣，不是出於嗜好殺人。我是職業殺手。」

被打的帳已經結清，遊戲到此為止。為了防止男人逃走，他割斷對方的腳筋。

「嗚！」男人發出慘叫聲，窩囊地在地上打滾。「唔，啊啊！」

男人像隻毛毛蟲在地上爬動。林從他的衣服口袋中搶走鑰匙，將遍體鱗傷的他關在圍欄裡。

就在這時候……

車庫的便門突然打開，兩個男人走進來。是榎田和馬場。他們循著紅背蜘蛛型竊聽通訊器的情報追到這裡。

「……哦，你們來啦？來得挺快的。」

林打了聲招呼。

「哎呀呀。」馬場瞥了圍欄中的男人一眼，聳聳肩。「看來用不著我們來救你。」

「我的模仿技術怎麼樣？」林面露賊笑。「很像吧？」

林得意洋洋地挺起胸膛，馬場雙眼閃閃發亮。「超像的！」

「一點也不像。」另一方面，本人則是癟起嘴巴。

接著，林用拇指指著男人，改變了話題。「我已經先把他打到動彈不得。」

計畫進行得很順利。

「接下來只要查出這傢伙同夥的下落就行了。」

「手機裡應該會有聯絡方式唄？」

「──哈哈！」

圍欄裡的男人突然發出笑聲。他從懷中拿出智慧型手機，扔到地板上。「有本事就試試看啊。」

「怎麼有種可疑的感覺？」馬場皺起眉頭。

「哎，別管他啦，快點檢查手機吧。」

林正要打開圍欄的鎖。

「林老弟，等等。」

榎田制止他。

「最好別亂碰。從這個男人的反應看來，搞不好他的手機是設計成落到敵人手裡就會爆炸。」

「爆炸？」林把視線轉向男人，對方面露冷笑。「原來如此。」

「他主動把手機交給我們，代表他對於防駭對策很有信心。不過……」

榎田的表情顯得從容不迫，一臉開心地吃吃笑著。

見狀，男人皺起眉頭。「……有什麼好笑的？」

「這種時候，別從機器下手，從人下手就行了。」

——九局上——

榎田借用馬場的手機打電話給馬丁內斯，馬丁內斯笑道：『我還以為你被做掉了，急死我啦。』

榎田告知他現在位置的地址，要馬丁內斯立刻過來。

十幾分鐘後，馬丁內斯來到車庫。他歪了歪頭，環顧車庫內部。「這個房間是怎麼搞的？拳擊俱樂部嗎？」

「不好意思，突然要你過來。」

榎田出聲說道。

「啥！」馬丁內斯瞪大眼睛，大吃一驚。「有兩個榎田？」

他目不轉睛地打量榎田和林——蘑菇頭雙人組。

「……你增生了？」

「才沒有。」榎田半是嘆息地否定。「看清楚一點，那是林。」

「搞什麼，原來是林啊。」接著，馬丁內斯又皺起眉頭：「林幹嘛假扮成榎田？」

「這小子拿我當誘餌。」

林簡潔地說明，馬丁內斯總算明白了。「原來是這麼一回事。」

「我有工作要拜託馬丁大哥。」榎田把視線移向金髮男。「請你從這個男人口中問出情報，盡量別殺他。」

⚾

復仇專家用來當作處刑場的倉庫座落於箱崎碼頭一角。林等人被叫來這座倉庫，是在拷問開始的五個小時之後。天已經亮了，周圍也變得明亮起來。

倉庫中央有個手腳被綁住的男人坐在椅子上，虛弱無力地垂著頭。他似乎吃了不少苦頭，渾身是血。

馬丁內斯一臉疲憊地站在男人身旁。

「那傢伙死了嗎？」

「不，還活著。」馬丁內斯面露苦笑。「不愧是退役拳擊手，很耐打，逼他開口費了我不少功夫。」

「拳擊手？」

「對。」馬丁內斯閱讀便條紙。他把拷問得來的情報寫在上頭。「名字叫做井良澤，自從幾年前在比賽中打死對手以來，就再也無法站上擂台。」

井良澤的精神逐漸失常，沉溺於殺人的快感中。

林、馬場和榎田三人聆聽著馬丁內斯問出的情報。

「錄製殺人影片的作用大概和精神安定劑一樣吧，透過觀看影片來緩和心情，抑制殺人的衝動。」

「這種殺手根本是三流的，三流。」林插嘴說道。「是誰僱用這種專挑軟柿子吃的傢伙？」

「他有兩個同夥，一個叫做諸葛——應該是假名，是這傢伙的雇主，似乎是某個網路恐怖組織的諜報員。」

「啊！」榎田叫道：「八成是『.mmm』的人。」

「另一個人是自由殺手，被稱為『破壞者』。」

「呀！」這回輪到馬場驚叫。

「你認識？」

「聽說過。」

根據問出的情報，井良澤使用的手機是「.mmm」開發的，施加了高度防駭措施。為了防止遭人竊聽，聯絡全是透過組織的郵件伺服器進行，並受到多重防火牆保護，無法入侵。此外，還有精銳部隊進行二十四小時監控，防堵入侵者。只有相關人士與持有同樣手機的人能夠互相通訊，完美地阻絕外界的攻擊與病毒。

不僅如此，只要輸入錯誤密碼三次，手機就會爆炸，化為灰燼。只可惜這在拷問師面前毫無作用。

「密碼他也招出來了。」

說著，馬丁內斯將井良澤的手機扔過來，手機已經解鎖。

榎田立刻查看內容，從中找到幾個影片檔。

「你們看。」

是殺人影片。在播台中，一個骯髒邋遢的男人正被井良澤痛毆。

「遊民連續殺人案果然是這傢伙做的。」林點了點頭。

榎田確認郵件的收發紀錄，發現井良澤似乎把殺人影片寄給某人。「這封信好像是寄給雇主的。」

「接下來要怎麼辦？」

馬丁內斯詢問，榎田面露賊笑說道：

「我有個好主意。」

「——呃！」

對方一看見馬丁內斯的臉就發出慘叫聲。

是把假影片上傳到影片分享網站的那個男人——谷山真二。面對再次造訪公寓的馬丁內斯，他露出明顯的厭惡之色。

「又是你……這次來幹嘛？」

「打擾了～」榎田自門縫擠進來，毫不客氣地踏入屋裡。

「喂，不要隨便跑進來啦！還有，你是誰啊！」

「不好意思，打擾了。」

馬丁內斯也跟著進屋。

打從剛才開始，屋內便充斥著狗叫聲。四隻小型犬在他們腳邊跑來跑去。

谷山連忙叫道：「噓！安靜點，會被房東發現啦！」

榎田望著這幅光景問道：「……這間狗屋是怎麼回事啊？」

「哎，說來話長。」馬丁內斯回以苦笑。

谷山瞪著馬丁內斯他們。「你看，我已經照著你的吩咐去收容所領養回來了。」

這個男人似乎以為馬丁內斯是來檢查他有沒有領養小狗。馬丁內斯搖了搖頭說：

「哦，不是啦，今天是為了別件事而來。」

「別件事？」

「我們想借助你的技術，替我們製作影片。」

面對這個出乎意料的請求，谷山瞪大眼睛。「影片？」

「看起來像是我死掉了的影片。」榎田回答。

「現在立刻開拍，借我刀尖會縮回去的刀子和血漿。」

「我會付酬勞的。」榎田補充說道：「以後你就不必住這種破破爛爛的便宜公寓，可以改住養四隻狗綽綽有餘的大房子。」

「哦……嗯，好啊。」谷山雖然一頭霧水，還是答應了。

「欸，榎田。」馬丁內斯好奇地詢問：「有必要大費周章演戲、製作影片嗎？」

看是拿那個叫井良澤的男人當人質引出同夥，或是冒充井良澤約同夥見面，與他的同夥接觸的方法多的是，何必這麼麻煩？

「自己人寄的附檔，才會毫不懷疑地下載啊。對吧？」

聞言，馬丁內斯恍然大悟。他終於明白榎田在打什麼算盤。

「換句話說，你要在影片檔裡夾帶病毒，寄給敵人？」

榎田點了點頭笑道：「再說，製作影片感覺很好玩。」

原來是想嘗鮮啊？馬丁內斯聳了聳肩。

聽完 blackleg 道出的真相，諸葛啞然無語。

「——所以我們就編輯影片，製造我已死的假象。」blackleg 得意洋洋地繼續說道：「打從下載影片的那一刻起，你的情報就落入我的手中。」

聞言，諸葛總算察覺了。「……是『Flammulina』？」

濕婆說過的話重新浮現於腦海中。

『blackleg 自製了一個資訊開放病毒，叫做「Flammulina」，主要是藏在附檔裡，下載影片或圖檔就會感染。』

他曾經這麼說過。沒想到從井良澤的手機寄來的那封信——拍下殺人過程的那支影片裡，竟然藏有「Flammulina」。

「『Flammulina』正如其名，能像菌類一樣增生，和你聯絡的人都會中毒。你同夥的資料已經被我一網打盡。」

上當了——諸葛緊咬嘴唇。現在才發現已經太遲了。

榎田瞥了博多站的大時鐘一眼。

「好，時間快到了。我認識的人要回東京，我得去送行。」

blackleg 站起來。

「我的工作到此為止，接下來，公安和網路課的人會好好款待你們。你等的人已經先走一步了。拜拜。」

blackleg 揮了揮手，邁開腳步。下一瞬間，幾個身穿西裝的男人突然現身，包圍住諸葛，大概是警察吧。

諸葛徹底輸了。

「混蛋！」他啐了一句。

諸葛只能恨恨地看著黃色背影消失於車站中。面對步步接近的男人們，他緩緩地舉起雙手。

濕婆一醒來便收到諸葛支付的酬勞。

這下子又解決一件工作。現在沒有其他委託，暫時可以隨心所欲地過日子。

「……好，接下來該拿誰來玩呢？」

他一面喃喃自語，一面挑選目標。

他上網瀏覽娛樂新聞，視線不經意地停在某個剛出道的寫真偶像身上。她似乎是因為演出連續劇而開始走紅。

濕婆立刻著手調查這個寫真偶像。她好像是走清純派路線的，但由於職業需求，總是穿著強調胸部的衣服，老實說，實在有點勉強。

決定了，這傢伙就是下一個目標——濕婆如此暗想。動機向來微不足道，目標是誰都無妨，只要是值得摧毀的人生即可。

這次就來摧毀這個女人的演藝生涯吧。

濕婆回溯她的社群網站帳號，盡是些沒有營養的內容：和某某人出去玩、體重增加一公斤、皮膚變得很乾燥等等，根本一點也不重要。

「這樣不行啦。」濕婆面露賊笑，敲打鍵盤。「要發文就要發一些更勁爆的內容才行啊。」

擁有駭客的技術，盜用帳號輕而易舉。濕婆竊取ＩＤ和密碼入侵後，便立刻冒充她留言。

和男朋友吵架了……糟透了。

訊息以驚人的速度擴散開來。粉絲的反應真令人期待。他們看了這則訊息，現在八成已經淚眼婆娑了吧。

好，繼續追殺她，直到經紀公司和她解約為止。

接下來要發布什麼訊息？什麼都行，只要能破壞這個女人的形象就好，像是「聯誼好好玩」或是「劈腿被發現了」。這就來打醒這傢伙的粉絲——那些被騙的蠢男人吧。

這只是開頭而已。先引發粉絲對她的不信任感，再捏造足以掀起軒然大波的罪行。還是選擇毒品類的罪行好了，藝人扯上藥物問題並不稀奇。

濕婆不經意地抬起視線，並排的螢幕之一映入眼簾。尚未啟動的漆黑畫面上，映出自己的臉孔。

畫面邊緣，有道疑似人影的黑影閃過。

濕婆倒抽一口氣，猛然回頭。

有個男人站在房門口，是個用仁和加面具遮住臉孔的詭異男人。

「你、你是誰——」

門明明上了鎖，他是從哪裡進來的？不知是不是因為太過專注於入侵他人帳號，濕婆渾然不覺，壓根兒沒發現對方的氣息。

這個男人是何方神聖？

男人開口問：「很開心麼？」

「……咦？」

「玩弄別人的人生，很開心麼？」

說著，男人緩緩走過來。

「原來你就是犯人呀。」

男人拿著日本刀。

「啊、啊啊……」濕婆臉色發青。「住、住手！別過來！」

他抓起鍵盤扔向對方，男人扭動身子避開，逼近眼前。

濕婆自知敵不過這個男人。

駭客沒有電腦，就只是隻弱雞而已——井良澤的話語閃過腦海。

下一瞬間，一道強烈的衝擊襲向胸口。宛若關掉了電源，視野變得一片漆黑。

「──您用不著特地來月台送我。」八木一臉惶恐地說道：「我老歸老，搭新幹線還是不成問題的。」

「反正以後就不必再看到你這張臉。」榎田面露賊笑。「耳根子也清靜多了。」

「哎呀，請別這麼捨不得我。」

「你好像重聽了？就算是你，也敵不過歲月啊。」

榎田聳了聳肩，遞出一個紙袋給八木。

「來，這個給你，是伴手禮。」

裡頭裝著十五入的博多通饅頭。

「這次多謝您的幫忙。」八木接過饅頭，深深地低下頭致謝。「多虧少爺，終於能夠高枕無憂了。」

事件解決了。

勒索松田和夫的「macro-hard」黑岩學已經去世，帶走他資料的「.mmm」諜報員與幫手全數關進大牢，連結松田和榎田的資訊也全都清除。

這下子事情解決了──不過，有件事令榎田耿耿於懷。

打從剛開始調查這次事件時，這件事便一直梗在他的心頭。

「——欸。」榎田坐在月台的長椅上，緩緩開口：「我可以問你一個問題嗎？」

「是，請問吧。」

「macro-hard 把那個男人調查得一清二楚，從通話紀錄、電子郵件，到信用卡的消費明細都有。」

「是嗎？」

「怪就怪在這裡。松田和夫在八年前用自己的信用卡買了張前往福岡的機票。」

聞言，八木的臉色微微地變了。

「這是怎麼回事？」

說到八年前前往福岡的機票，榎田心裡有數。是八木放他逃走時給他的機票。

「為什麼那張機票是用那傢伙的名義買的？」榎田追問。

如果八木是瞞著松田偷偷放自己逃走，不可能使用松田的信用卡。

——換句話說，那張機票是出於松田自己的意願購買的。

八木的嘴角浮現笑意，老實承認：「反正時效已經過了。」他似乎打從一開始就沒有隱瞞之意，甚至很高興榎田察覺到真相。

「所以我不是說過嗎？一切都是老爺的命令。」

「……什麼意思？」

「是老爺命令我讓少爺逃到其他地方，假裝少爺已經死了。」

果然是這麼回事？雖然難以置信，但也只能這麼解釋。

「那麼，當時你原本要殺我，是你自己的意思？」

「不。」八木搖了搖頭。「那也是老爺的命令。老爺要我對少爺開槍。當然，要故意射偏。」

「幹嘛特地這麼做……」

「這是老爺的主意：『那小子做了壞事，要讓他得到一點教訓才行。』當我向他報告『少爺嚇得一愣一愣的』，他開心極了。」

「什麼跟什麼？」居然為了這種無聊的理由命令八木開槍？話說回來，真的開槍的八木也有問題就是了。

榎田不悅地皺起眉頭，八木抖著肩膀笑道：「父子倆都一個樣，喜歡惡作劇。」

「……蠢斃了。」榎田輕輕咒罵一句。

接著，八木靜靜地道出當年的真相。

『那小子有病，沒藥可醫了。』這是榎田偷聽到的那句話，但之後松田又小聲地說：『所以，該放他自由了。』

「都已經過了這麼多年，少爺要不要回家一趟？老爺的生日快到了，大家可以一起替他慶生。」

八木如此提議。

「不要。」榎田冷淡地拒絕。「我絕對不會再回那個家。」

八木「呵呵～」地微笑，看來並未放在心上。自己果然敵不過這個佣人。

時間到了，新幹線進站。在搭車前，八木說道：「少爺，請多保重。」和那一天所說的話一模一樣。

發車鈴聲響徹四周，門唰一聲關上，掩去他的身影。

榎田側眼望著駛離的新幹線，轉身離去。

賽後訪談

「——老爺，我送咖啡過來了。」

睽違一週回到松田家的八木，立刻回到工作崗位上。他一如平時，泡了杯提神用的咖啡，送到和夫的房間。

他附上博多通饅頭當茶點，見狀，主人松田和夫詢問：「福岡之旅好玩嗎？」

「我玩得很盡興。」

八木輕輕低下頭。

「我在太宰府天滿宮抽了籤，是大吉。」

「哦？太好了。」和夫的眼尾露出笑紋。

接著，八木又壓低聲音報告：「那件事也順利解決了，請放心。」

「是嗎？辛苦你了，八木。」

「不會。」

自己什麼也沒做。八木搖了搖頭。

自那一天以來，威脅便戛然而止，也不再有人勒索錢財。使用電腦病毒威脅松田的犯人已經不在人世，勒索把柄的相關資料也都處理掉了。

「犯人是什麼來頭？」

「只是普通的駭客，目的好像是錢。除了老爺以外，他還四處威脅了許多人。」

「是嗎？」

憂慮的來源消失，松田家應該可以安穩好一陣子。這一切都是多虧那個令人又愛又恨的天才駭客。

八木原本想告訴主人，少爺也過得很好，卻又打消念頭，因為他可以想像那個男人嘟起嘴說「別多事」的模樣。雖然恨不得一吐為快，八木最終還是閉上嘴巴。

過去的誤會解開了，父子間長年以來的芥蒂也終於消除，但是兒子的態度依然未變，試著勸他偶爾回家也沒用。到底要賭氣到什麼時候呢？他還是老樣子，不坦率又不可愛。八木在心中嘆一口氣。

這對父子這輩子大概沒機會再說上話了吧？這件事讓八木萬分遺憾。

八木看了主人一眼。和夫依舊忙碌，今天是他的生日，卻沒時間好好慶祝，他在家的時候也是不斷工作。

和夫喝了一口剛泡好的咖啡，啟動新買的電腦。

隨即，他倒抽一口氣。

那張凝視著螢幕的臉龐完全僵住了。

「這是什麼……」

他的表情讓八木產生不祥的預感。「怎麼了？老爺。」

「你看。」

和夫指著畫面。

八木依言窺看電腦。

松田和夫先生：

見到畫面上顯示的文字，八木也大吃一驚地睜大眼睛。

「這是——」

黑色畫面，白色文字。

和前陣子的威脅文字如出一轍。

現場一陣緊張，空氣也隨之緊繃起來。

這是怎麼回事？又中毒了嗎？可是，犯人應該死了。這麼說來，是其他人所為？

原本以為事件已經解決，卻又發生這種事。主人的敵人如此之多，就連八木也不禁感到厭煩。

過一會兒，畫面有了動靜。

螢幕上多出一行字。

新增的文字是——

松田和夫先生：

——生日快樂。

這行字讓八木大為錯愕。

今天確實是和夫的生日。

在電腦裡植入病毒，並於畫面上顯示祝賀詞——會做這種無聊惡作劇的人，只可能是那個男人。

真教人傻眼。

他大可以用普通的方法道賀，比如打電話或寄卡片，何必故意兜這麼大一個圈子？真是的，不坦率也該有個限度吧。

八木忍不住噗嗤一笑，同時也暗自鬆一口氣。幸好不是威脅。

「……那個蠢兒子。」

和夫凝視著電腦螢幕，喃喃說道。他的態度和說出的話語正好相反，嘴角浮現了笑意。

只見畫面上的文字變了。

你才蠢。

八木頓時背上發毛。

那個男人究竟用了什麼手段竊聽？

話說回來，真是令人懷念的一段文字。你才蠢——那時候，他也是這樣在電腦上反抗父親。不管經過多少年，那個男人還是一樣孩子氣。八木聳了聳肩。

和夫臉上的笑容消失了。「……八木。」

「是。」

「仔細檢查房間的每個角落，看看有沒有安裝竊聽器。」

「遵命。」

「還有，把這台電腦處理掉，現在立刻去辦。」

「是，老爺。呵呵呵～」

八木忍俊不禁，一面竊笑一面抱起新電腦。

「——喂。」坐在身旁的馬丁內斯突然開口，並從旁窺探電腦螢幕。「你在賊笑什麼？」

榎田拿下連接電腦的耳機，瞇起眼睛回道：「沒什麼。」

電腦內建網路攝影機及麥克風，利用這些裝置，要竊聽談話內容輕而易舉。用不著大費周章偷裝竊聽器，駭客只要入侵對方的電腦，就能夠竊聽、監視。

「八成又在玩什麼無聊的惡作劇把戲吧？」

一點也沒錯。

「你很了解我嘛。」

榎田一面闔上筆記型電腦，一面露齒而笑。小小的報復行動成功了，現在他的心情非常好。

「再不快點吃，肉就沒了。」

馬丁內斯瞥了網子一眼。鋪滿的肉片一片接一片送入其他人口中。

現在，眾人正在中洲河畔的某家知名燒肉店聚餐。豚骨拉麵團成員、源造及美紗紀齊聚一堂，包下多人用的包廂，共度熱鬧歡樂的時光。

「真是的！都是榎田先生，害我吃了那麼多苦頭！」出聲的是坐在斜對角位置的齊藤。他似乎醉了，有些口齒不清。「帶過分了！」

這麼一提，這次為了擺脫獎金獵人的追殺，拿齊藤當誘餌。

「對不起啦。再說，我有叫人去救你啊。有什麼關係？」

「那位老爺爺又是什麼人啊！」

那位老爺爺──應該是指八木吧，榎田拜託他去救齊藤。雖然借助他的力量並非榎田所願，但人手不足也無可奈何。

「啊，嗯……」榎田含糊其辭。「只是個熟人。」

聞言，坐在對面的馬場和林相視而笑。

「他說只是個熟人呀，小林。」

「真的假的？看起來不像啊。」

馬場用夾子夾起烤好的肉，放到榎田的盤子上。「請用，少爺。」

林拿出菜單，按下呼叫店員的按鈕。「要不要幫您點飲料呢？少爺。」

「……你們很吵耶。」

這對二游蠢搭檔——榎田瞪著兩人。

包廂的門隨即開啟，店員來了，是個年輕女孩。眾人立刻七嘴八舌地點餐。

「不好意思，我要生啤酒～」

「啊，我也要生啤酒。」

「那就生啤酒兩杯。」

「我也要，生啤酒三杯。對了，小姐，妳長得好可愛喔，叫什麼名字？」

「我要特級上等里肌肉、特級上等肋肉和上等牛舌拼盤。」榎田拿著菜單，也跟著點了好幾道菜。「啊，還有，可不可以換一下網子？」

「喂喂，你怎麼盡點些貴的啊？」馬丁內斯說道：「這麼闊氣？」

「咦？今天是馬丁大哥請客吧？」

「啊？」

馬丁內斯睜大眼睛，隨即又說了句「真拿你沒辦法」，露出苦笑。

「今天我就請客吧，算是慶祝。」

「慶祝？」榎田歪頭納悶。今晚只是普通的聚餐，沒有什麼需要慶祝的事。「慶祝什麼？」

「慶祝某對父子和好。」

聞言，榎田沉默下來。剛才馬丁內斯窺探電腦時，想必發現了榎田在做什麼。

榎田喃喃地反駁：「……又沒有和好。」

「是我失禮了。」馬丁內斯面露賊笑。「請盡情享用，少爺。」

「很吵耶！」

榎田嘟起嘴，把兩片肋肉同時放進口中。

GAME SET

後記

或許各位讀者會嫌我囉唆，但為了慎重起見，還是聲明一下。本故事是以「有點危險的福岡」這個架空世界為舞台的人情犯罪業餘棒球小說，與真實人物、地名、事件等毫無關係，敬請見諒。

林憲明的恩怨情仇已在第三集告一段落，我抱著嶄新的心情著手撰寫第四集，而責編大人的一句「下一集讓榎田當主角」正是一切的開端。我從未想過要把榎田放在主軸，若以棒球為例，就像是被要求「下一場比賽讓榎田當第四棒」一樣，所以每天都抱頭苦惱，不知該如何是好。我一直認為當個稱職的綠葉才是榎田的價值所在，如今居然要讓他當主角、當第四棒，該怎麼下筆啊……

煩惱得昏了頭的我，跑去橫濱中華街某間有點詭異的占卜館，請教占卜大師：「我該寫什麼才好？」

得到的答案是：「別寫戀愛故事。」

「啊，這個不用擔心。」我回答。

於是，占卜師讓我抽了張塔羅牌，接著說道：「這是寶劍的卡片，所以最好寫打鬥的故事，打打殺殺、有人死掉的故事。」

「知道了！謝謝！」我付了三千圓，意氣風發地回到福岡，但仔細想想，我寫的本來就是「打打殺殺、有人死掉」的故事，所以又再次抱頭苦惱，不知該如何是好。

如此這般，這次的故事是以榎田為中心，原本就喜愛榎田的讀者自是不用說，但願不怎麼喜愛他的讀者，也能在看完這一集以後變得比較喜歡他。

這次同樣獲得許多人的幫助。擔任責編的和田編輯與遠藤編輯、繪製插畫的一色箱老師、校閱者、設計者、占卜師，以及其他盡心盡力的人士，在此致上我深深的感謝。

最後是購買本作的各位讀者朋友，感謝您一直以來的愛護。說來令人非常開心，本作即將改編成漫畫，請大家也要關注漫畫版的博多豚骨拉麵團成員喔！敬請多多支持！

木崎ちあき

國家圖書館出版品預行編目資料

博多豚骨拉麵團 / 木崎ちあき作 ; 王靜怡譯 . --
初版 . -- 臺北市 : 臺灣角川 , 2018.03-
　冊 ;　公分 . -- (角川輕 . 文學)

譯自 : 博多豚骨ラーメンズ
ISBN 978-957-564-115-3(第 3 冊 : 平裝). --
ISBN 978-957-564-277-8(第 4 冊 : 平裝)

861.57　　107000885

輕文學 Light Literature

博多豚骨拉麵團 4

原著名＊博多豚骨ラーメンズ 4

作　　者＊木崎ちあき
插　　畫＊一色 箱
譯　　者＊王靜怡

2018 年 6 月 27 日　初版第 1 刷發行

發 行 人＊成田聖
總　　監＊黃珮君
總 編 輯＊呂慧君
副 主 編＊溫佩蓉
美術設計＊吳佳昫
印　　務＊李明修（主任）、黎宇凡、潘尚琪

台灣角川

發 行 所＊台灣角川股份有限公司
地　　址＊105 台北市光復北路 11 巷 44 號 5 樓
電　　話＊（02）2747-2433
傳　　真＊（02）2747-2558
網　　址＊http://www.kadokawa.com.tw
劃撥帳戶＊台灣角川股份有限公司
劃撥帳號＊19487412
法律顧問＊寰瀛法律事務所
製　　版＊尚騰印刷事業有限公司
I S B N＊978-957-564-277-8

香港代理＊香港角川有限公司
地　　址＊香港新界葵涌興芳路 223 號新都會廣場第 2 座 17 樓 1701-02A 室
電　　話＊（852）3653-2888